泰戈爾小說戲劇集

The Novels and Plays of Rabindranath Tagore

泰戈爾 著
糜文開 裴普賢 譯

推薦序

鴻鴻

長期以來，印度詩哲泰戈爾精鍊雋永的詩篇，像一枚枚精緻的鑰匙，開啟了讀者對內在感受的諦聽。這些詩傳達了苦惱、祈求、嚮往，如一捧透澈清涼的水，出現在酷暑當中。其實，泰戈爾的經歷與創作、思想與行動，遠比詩中被提煉過的文字來得複雜。

泰戈爾是第一位獲得諾貝爾文學獎的亞洲作家，也被視為東方文化的代表。一九一三年獲獎，次年即爆發世界大戰。他對戰爭的殘酷痛心疾首，斷言西方文明已走到盡頭。而在中國，他的粉絲不少，甚至胡適、徐志摩、聞一多、梁實秋的「新月派」也是據泰戈爾的詩集命名。但他一九二四年應梁啟超之邀訪華一行，卻引起了思想與文化的激烈論爭。支持「新文化運動」的作家認為，主張復興東方傳統哲學的泰戈爾，對於正欲革除積弊、學習西方科學精神的中國而言，是不合時宜的。

然而無論支持或反對者，恐怕對泰戈爾的印象都流於片面。終其一生，泰戈爾都是一位行動家。雖出身上流階層，但他對平民生活觀察入微，也深感同情。這在他的小說（例如〈喀布爾人〉與〈皈依者〉）當中，體現無遺。他留學英國，卻對英國的殖民統治抨擊不遺餘力，也曾實際參與獨立運動，並與甘地維持長期友誼。可惜他在一九四一年過世時，還來不及見到印度的獨立。

泰戈爾也是教育家，諾貝爾獎金用於他在家鄉成立大學的第一桶金。印度的偉大電影導演薩雅吉・雷便是從這所大學畢業，並在一九六一年拍攝了泰戈爾的紀錄片，後來並將他的兩部小說拍成電影：《孤獨的妻子》和《家園與世界》，前者改編自〈破裂的鳥巢〉，係以泰戈爾和嫂嫂隱密的戀情為藍本，薩雅吉・雷因此片獲頒一九六五年柏林影展最佳導演獎，《孤獨的妻子》受公認為印度電影的高水準作品之一。

泰戈爾也是音樂家，他寫過上千首歌曲，廣為傳唱，包括印度和孟加拉國歌都採用了他的詩。音樂性貫穿了他的所有作品。他的作品雖往往有傳統的淵源，卻被他個人多變的聲音所翻新。比如戲劇《奚德蘿》便是取材自史詩《摩訶婆羅多》，而詩集《頌歌集》（又譯《吉檀迦利》）是和神的對話，但這神並非哪個宗教的上主，而是自然中無所不在的靈性。《園丁集》採取了古代寓言及情歌的形式，觀點卻不斷在男女間巧妙置換。《新月集》則探索孩子的世界，寫親情也寫死亡，在小小的心靈中讀到浩瀚的情懷，令人動容，難怪會成為印度各級學校的教材。

糜文開先生從事外交工作，藉長期出使印度之便，從事文學研究與翻譯，為我們留下豐厚的遺產。他與妻女合作，以典雅的文字迻譯泰戈爾主題各異的代表詩篇，還兼及小說、戲劇，讓我們一窺泰戈爾多樣的文學風貌。這批曾廣為傳頌的作品，是亂世中的涓涓清音，有機會繼續流傳，我深為新一代的讀者感到慶幸。

代序

金糜岱麗

泰戈爾（Rabindranath Tagore）於一九一三年以《頌歌集》（*Gitanjali—Song Offerings*）榮獲諾貝爾文學獎。他是有史以來獲得這個殊榮的首位歐洲以外的文學家——不但是印度的第一位，也是亞洲的第一位。泰戈爾曾赴歐洲、美洲介紹自己翻譯成英文的詩集，《頌歌集》、《園丁集》在歐美文藝界大獲好評，風靡一時。

詩哲泰戈爾的詩作風態清新設想新奇，描述大自然如身歷其境，優雅細膩，蘊蓄著人生哲理，他對世界一切以及大自然都有敏銳深入的觀點和優雅描述。然而，不僅是詩歌創作，多才多藝的泰戈爾，在繪畫、小說、兒童故事書、戲劇、唱歌跳舞與編導等方面，都卓有成就，他一生所寫戲劇有二十多部，小說更多達百餘篇，構織出一幅幅他所處的當代印度細密畫。

先父糜文開教授（一九〇九年七月三十日—一九八三年三月六日）是精心研究印度歷史和文學的學者。一九四〇年代於中華民國駐印度大使館任職近十年，對印度文學生發了深厚的興趣與追求，利用公餘之暇開始翻譯泰戈爾的詩集、小說、戲劇和其他印度文學家的巨作。一九五七年，先父與先母譯完了泰翁《園丁集》後，接力一同譯成《泰戈爾小說戲劇集》。當中選錄了七篇小說、兩部戲劇，題材燦爛多變，讀者不僅從中可以一窺泰戈爾矢志創新的個人風采，以及其字裡行間的獨特音樂性；也能看見其寄託對宗教的革新思想、對舊陋習俗的控訴和對純美愛情的謳歌；而《泰戈爾詩集》深入淺出，得體入味，讓讀者與詩哲融為一體，隨詩句翻飛縈繞，優遊於美妙的境界之中。

糜榴麗女士是先父與其前妻所生四位千金的大女兒，一生盡孝，協助先父翻譯文學詩集，不辭辛勞。二〇二〇年一月二十日逝世於加拿大多倫多，享壽八十六歲。

先母裴溥言教授（一九二一年二月二十八日－二〇一七年四月八日）一向用筆名裴普賢著述出版書籍，與先父於一九五七年三月二十五日結婚，同心協力寫作，互相切磋，共同勉勵，前後一共出版了近三十種書籍，暢銷全球。先父先母就我一個獨生女。先母二〇一七年四月在美國加州爾灣仙逝，享耆壽九十六歲。當時，我先生金保和我即時為先父先母在臺灣大學中文系成立了「糜文開與裴溥言教授紀念永續獎學金」，期盼能持續不停地推廣中國古典文學的研究與博士的栽培。三民書局找我寫這短短卻意義深遠的序文，是我一生最大的榮幸；而能有這麼多聞名的學者、前輩們共襄盛舉，為先父主譯的《泰戈爾詩集》、《泰戈爾小說戲劇集》作經典導讀，更備感榮耀。

沈剛伯太老師在《園丁集》序文祝福《泰戈爾詩集》百年後依然暢銷。的確，從一九一三年泰戈爾榮獲諾貝爾文學獎至今已越一〇七年，他對現代世界社會人心靈性的薰陶沒有絲毫退減，反而更加切合。預祝詩哲的詩集、小說戲劇集再風靡百年，將人性追求的真善美和愛留傳千古。

二〇二〇年十一月六日於美國加州爾灣

序

糜文開

在三十七年八月譯完泰翁《漂鳥集》時，我便感覺到有「精選泰戈爾的代表作，包括詩歌、戲劇與小說，出一本集子」的需要，於是在該書序文中，我起願試做這項工作。其後遇有閒暇，就以譯泰翁詩為消遣。長女榴麗自從幫我譯成《奈都夫人詩全集》後，對寫詩譯詩，大感興趣。她在印度德里大學和國際大學肄業期間，衣袋中帶著拍紙簿，隨時隨地寫詩，沉浸在詩的狂熱中。枕頭下、書櫥裡，以及寫字檯的抽屜中，到處是她中英文的詩稿。她也自動幫我譯了《新月》和《採果》。可是像《採果》，固然未曾有人譯過；像《新月》，已有好幾種中譯本問世，我們譯成後要找一兩本來對看一下，竟至今沒有找到一冊，僅就日譯本核對了幾篇。因此，後來《新月集》雖然印行了，仍覺手續上還有欠缺。

自從拙譯《漂鳥集》在香港《大學生活》月刊連載，又在臺北三民書局出版單行本以後，許多朋友和讀者鼓勵我出版泰戈爾詩的全集，三民書局劉先生，也願在出版方面盡力。但也有人要求我先完成泰戈爾代表作的編選。我先試譯了泰戈爾的小說三篇送《大學生活》等刊物發表，果然獲得讀者們的歡迎和愛好。

今年暑假，得到內子普賢的合作，譯完了泰戈爾詩集之五《園丁集》，她三個月暑假的時間，還剩一半，願意先譯些比較容易的小說戲劇後，再繼續幫我譯泰翁詩篇。在我，當然高興先出一本泰戈爾小說戲劇的代表集，以了宿願。商得三民書局劉先生的同意，我們便埋頭工作。普賢譯了一部劇本《郵局》和三篇小說，我在外交部沒有暑假，照常天天要上班，所以只譯了一部劇本《奚德蘿》和加譯了一篇小說〈骷髏〉。

這裡共有精選泰戈爾的短篇小說七篇、戲劇兩部，但要稱代表作，尚難確定。七篇小說之中：〈喀布爾人〉寫一個小女孩和水果販交朋友的故事，人物活現，故事動人，是發揚人性的傑作，篇中表現了人類超越了階級與國籍的同情心，被稱為人道主義作品的模範作。〈無上的一夜〉寫男女之間的操守，可以代表印度革命青年的道德修養。這兩篇都簡潔而晶純，正像一曲恬靜和諧的音樂，最足陶冶性情。尤其前一篇，很適合中學國文教材之用。

泰戈爾是印度宗教思想的革新者。從〈皈依者〉和〈戀之火〉兩篇，可以窺見印度舊有宗教觀念怎樣支配著印人的生活。尤其印回兩教男女的不能通婚，表現出兩教的格格不入，這是他們獨立運動中團結一致的大障礙。泰戈爾早注意及此，可是狹隘的宗教觀念，終於使印回不可避免分裂成兩國，而且連聖雄甘地也做了血祭的羔羊，曷勝浩歎！

印度賤視和侮蔑寡婦的舊習，泰戈爾也堅決反對。〈骷髏〉一篇，在「美人骷髏」的印度哲學的外衣底下，透露出印度寡婦的血淚申訴，和那最後微笑的慘痛抗議。這裡，我們看到了泰戈爾小說的高度技巧。這是一杯陳年的烈酒，其味芳醇。

〈餓石〉也表現了印度的哲理，是代表泰戈爾神祕小說的一篇，我們各人用自己的見解探測這神祕，是頂有意思的。我的看法，這篇和前一篇的意義有類似之處，只是又換了一種方式。

〈我主——嬰兒〉這篇寫忠僕李查嵐的心理非常成功。但嬰兒竟是可塑體，隨塑造者的手可以塑造出所期望的東西來，可見這篇的主題，在強調教育的重要。泰戈爾之所以把全部的精神寄託在國際大學的創辦上，也就是貫徹他的主張，用教育的力量來建立改造印度的基礎啊！

泰戈爾的小說是多彩的，而且都很完整有力，但他最有名的作品，卻是詩歌和戲劇，小說不佔重要地位。可是我們閱讀他的小說，可以增加閱讀他詩歌和戲劇的興趣，研究他的詩歌和戲劇也應該參考他的小說。

泰戈爾的戲劇是重要的，但我們不能多選。這裡所選兩部劇本：《奚德蘿》是一部獨幕的抒情詩劇，文字優美，詩情洋溢。他借用史詩中英雄美人的題材，寄寓他對男女愛情的見解：美貌雖能吸引異性，但那只是無常的「假相」，要認識永恆的「真我」，才有真正的愛情結合。這劇可比美印度古代大詩人加里陀莎的名劇《莎昆妲蘿》。民國十三年泰翁訪華期間，《奚德蘿》一劇曾在北平上演過，已有瞿世英的中譯本。不過譯筆牽強而晦澀，間有脫漏和誤譯，所以我不得不試加重譯。這是吃重的工作，譯得雖難稱完美，自亦應該後來居上，才不白費一番心血。

泰翁對男女愛情結合的看法，是有所承襲的，他對加里陀莎的《莎昆妲蘿》，曾寫過一篇題名〈莎昆妲蘿的真實意義〉的長文來闡釋它，我已譯附在《莎昆妲蘿》的單行本中，我們只要閱讀這篇論文，《奚德蘿》的意義，也就容易領會了。

泰戈爾體認上帝的劇本，以《暗室之王》為最有名，但我們卻選譯了篇幅較少的二幕劇《郵局》為代表。這除了為配合本選集的篇幅關係外，另外有兩個原因：一個是《郵局》較《暗室之王》親切有味，寫小孩尤為泰翁的拿手，《郵局》中的小孩主角阿瑪兒，寫得可愛極了，讀來令人愛不忍釋。另一個原因是泰翁在《郵局》一劇中，自然地透露了他的森林哲學，使人神往。英國作家夏芝所稱「傳達給觀眾一種柔和而平靜的情緒」，就是指此而言。這劇本的要旨，可參看夏芝的序文，我們已一起譯出了。

至於泰翁詩歌的選集，我想留待擬譯的泰戈爾詩集七冊譯完以後。

民國四十六年十月

目次

戲劇

小說

喀布爾人

米尼，我的五歲大的女兒，她不和人說話不能過日子。我真相信她有生以來從沒有靜過一分鐘。她的母親常因此而惱怒，要阻止她的喋喋不休；但我不願如此。看著米尼悶聲不響是不自然的，這樣我也忍受不了多久。而我和她的談話，也常是有趣的。

一天早晨，我正專心在我新寫的小說第十七章之中，我的小米尼偷偷地走進房間來，將她一隻手放到我的手裡來說：「爸爸！看門的蘭達雅爾，他把『烏鴉』叫『吾鴉』！他什麼都不大懂，是不是？」

在我能對她解釋世界語言的差異之前，她已轉移到另一話題上去了。「爸爸，你以為怎樣？菩拉說在雲裡有一隻大象，水從象鼻裡噴出來，這就是為什麼會落雨了！」

於是，她又提出新問題：「爸爸！媽媽和你是什麼關係？」這使我默坐思考一些答話。

「我的親愛的結拜小姐妹！」我口中喃喃自語，但我到底板起臉來這樣作答：「去同菩拉玩，米尼，我很忙！」

我房間的窗戶下臨街道，這孩子靠近桌子坐在我腳邊，輕輕地在她膝上敲著鼓玩。我埋頭寫我小說的第十七章，男主角普魯泰・辛正抱著女主角侃姜蘿姐，要同她從碉堡三樓越窗而逃。突然間，米尼放下玩具，跑到窗口喊道：「一個喀布爾人！一個喀布爾人！」一定的，在下面街上有一個喀布爾人慢慢地蕩步而過，他穿著他們寬大而骯髒的衣服，頭上一個高高的頭巾，背上還揹了一個大袋，他手裡拿著幾匣葡萄[1]。

我不知道我的女兒看見這個人時感觀如何，但她已大聲地喊他。「啊！」我想，「他將進屋來，我的第十七章永遠不會脫稿了！」就在這時，喀布爾人回頭仰望這小孩，她看到這情形起了恐慌，逃去求母親保護，並躲藏起來。她迷信在這巨人所揹的袋裡，裝著兩三個像她這樣的孩子。同時，這小販走進我的門口，用笑臉招呼我。

我的男女主角的情勢是這樣的危險，但既然這人被叫了來，我不得不停下筆來買一些東西。我作成了他一點小交易，又同他閒談幾句。談到阿布杜拉曼[2]、俄國人、英國人，以及邊疆政策。

---

1 喀布爾為阿富汗京城，喀布爾人有一批小販在印度以賣菓品為業，故在印度人腦海中，喀布爾人即賣菓小販。

2 阿富汗國王名。

當他要離開時，他問道：「先生，那小女孩在哪裡呢？」

我想，米尼假想的恐怖必須祛除，所以把她帶了出來。

她站在椅子邊，呆望著喀布爾人和他的袋子，他送給她一些胡桃肉、葡萄乾等，但她並不被誘，只更緊緊地拉住我，她的疑慮反而增加。

這是他們的第一次會面。

可是，相隔沒有幾天的一個清晨，當我出門時候看見米尼坐在門口附近的一張長椅上，同那個她腳邊的喀布爾人談笑自若，頗使我驚異。

在我的腦海中，我這小女兒自有生以來，除卻她的父親以外，從不曾找到這樣有耐心的一個聽眾。在她小小紗麗[3]的一角，已經裝滿了杏仁和葡萄乾，那是她客人的禮物。「你為什麼給她這許多？」我說，並掏出一枚八安那錢幣[4]遞給他。這人把錢收下，毫不推卻，放進他的口袋裡。

唉！一個鐘頭以後我回來，不幸發現那錢幣已造成兩倍大於它本身價值的禍事來！因為那喀布爾人把它給了米尼，而她的母親瞥見了這光亮的圓東西，抓住這孩子追問：「這八安那錢幣你從哪裡拿來的？」

「喀布爾人給我的。」米尼愉快地說。

「喀布爾人給你的！」她母親十分震驚。「哦，米尼，你怎麼可以拿他的錢？」我及時進門，救了她的迫切之災，並進行我的查詢。

我發現他們兩個相會已不止一二次，那喀布爾人聰明地用胡桃肉、杏仁的賄賂征服了這孩子最初的恐怖，他們兩個現在是好朋友了。

他們有許多奇怪的諧謔，給了他們不少樂趣。坐在他的面前，她卻以這樣纖小的身形，俯瞰他那魁梧的大個子。米尼的臉上漾溢著笑波，她說：「哦，喀布爾人！喀布爾人！你袋子裡究竟裝的什麼呢？」

他會用山國之民的鼻音回答：「一隻象。」不是借此作樂，就是他們彼此在享受詼諧的情趣。對於我，這個小孩與大人的閒扯，常有一種奇異的迷醉。

喀布爾人絕不遲延，馬上反問：「嗳！小寶寶，你幾時到你阿公的家裡去？」

大多數孟加拉[5]的小姑娘都早已聽到關於公婆家的話，但是我們，略為新式一點，不把這些事告訴我們的小孩；米尼對這問題一定有些迷惘，但她一點不窘，她馬上圓滑地

3 印度女衣。
4 即半塊錢，一盧比等於十六安那。
5 以加爾各答為省會的印度省名。

答道：「是不是你要去？」

在喀布爾等小販階級之間，大家知道「阿公的家」或「丈人的家[6]」另有一種意義，這也就是監獄的代用語，因為這地方招呼周到，有吃有住，又一概免費。所以這剛直的小販以為我女兒的問話是這樣的意思。於是他說：「哦！」一面舉起他的拳頭揮向他那空氣中假想的警察。「我要揍我的老丈人！」聽到這話，和看描擬擊敗對方的那種神氣，米尼會哈哈大笑，而她那驚人的朋友也跟著一起笑得很開心。

這些秋季的早晨，古老的國王們每年正在這時出征；而我呢，永遠靜居在加爾各答的一角，只讓我的心，漫遊世界。每提起一個國家的名字，我的心便會神遊到那裡去，而看見一個異邦人在街上，我會不禁織起夢之網來，——那高山，那深谷，和他那遙遠之家的森林，他那房舍村落，以及那漠漠原野的自由自在的生活。也許旅行的景物在我面前幻化，在我的想像中去而復來，更見生動有緻。因為我是一個道地的素食者，一說起去旅行，便像雷霆轟擊在我身上。這個喀布爾人的出現，我馬上轉移到了那些荒瘠頂峰的腳下，那裡有窄狹的小峽道曲折盤纏在高聳的崗巒間。我看見一條線的駱駝行列負荷著馱運的商品，一隊包頭巾的商人帶著一些他們式樣古怪的舊槍和長矛蹣跚著向平原走下來。我能見——可是往往就在這時，米尼的母親會來干擾，懇求我當心防備那人。

米尼的母親不幸是一位十分膽怯的婦人，隨便什麼時候，只要聽見街上有一聲喧譁，或者望見有人向屋裡走來，她常會一下子緊張起來，斷定那不是強盜，就是醉鬼，或者是蛇，或者是老虎，甚或瘧疾，甚或蟑螂、毛蟲，或者是一個英國水兵，縱使已經經歷了這麼多年的考驗，她還是不能克服她的恐怖。所以，她對這喀布爾人滿是疑慮，要請求我留意防備他。

我曾笑她杞人憂天，而她便嚴厲地對付我，鄭重提出問題來問我：

「是不是曾有小孩被拐騙過？」

「在喀布爾有奴役制度存在，是否事實？」

「這麼魁梧的大人帶走一個小小的幼童，是不可能的嗎？是這樣令人可笑嗎？」

我力言雖說不是絕對不可能，但可斷定不會發生，然而她還是不放心，固執到底。可是，這種事既不能斷然指證，似乎沒有理由拒絕那人進門，所以他們的親密依然無阻礙地繼續下去。

羅赫蒙，那個喀布爾人，每年正月中旬照例要回國去一次，將近回國之前，他非常

---

6 Father-in-law's house——女子對夫之父與男子對妻之父均用此名稱，故可譯「阿公的家」，亦可譯「丈人的家」，隨實際應用而定。

之忙，挨門挨戶地收取他的債款。可是這一年他時常有空來看米尼，這從旁人看起來，他們兩人之間似乎有什麼陰謀存在，因為他若早晨不能來，晚上定會出現。

在暗室的角落裡，突然瞥見這個魁梧的、衣服寬大的、很像布袋樣的人物，有時連我也有一點驚愕。但當米尼笑迎著歡呼：「哦，喀布爾人！喀布爾人！」這兩位朋友便沉浸在他們從前的歡笑與嬉謔之中，雖則年歲相差如此之遠。於是，我仍放心了。

在他決心離去的前幾天，一天早上，我正在我書房校對我的校樣。天氣寒冷，陽光穿過窗戶撫觸我的腳，這種微溫很受歡迎。差不多是八點鐘的時候，徒步出去做宗教方面早課的人都蓋著頭回了家。驀地我聽到街上一陣吵鬧，探頭望去，看見羅赫蒙綁架在兩個警察中間被拉去，在他們的後面是一群看熱鬧的孩子。喀布爾人的衣服上染有血汙，其中一個警察是帶了一把刀的，我急忙趕出去，攔住他們，探詢究竟是怎麼一回事。東湊西拼所得的消息，某鄰人欠了這小販一條蘭普利圍巾的錢，但刁滑地否認曾買他的東西，兩人口角起來，羅赫蒙就打了他。現在他被刺激得憤慨到極點，用種種的壞名字來罵他的仇人。忽然這時我的小米尼出現在我家的走廊上，照往常一樣呼喊著：「喀布爾人！喀布爾人！」羅赫蒙回頭看她，面現喜色。今天他身邊沒有帶袋子，所以她不能和他討論象的問題。但她馬上提出了次一問題：「你是到老丈人家裡去嗎？」羅赫蒙笑笑說：「小寶寶，我正要到那地方去！」他看見這回答還不能逗引這孩子的高興，他舉起他被綁著的雙手，說道：「啊！我真的想揍那老丈人，只是我的雙手被綁著了！」

羅赫蒙被控謀殺之罪，判決了幾年的監禁。

時光像流水般逝去，他也被人們遺忘了。我們在習慣了的地方做著習慣了的工作，很少想到曾一度自由的山國之民消磨他的歲月在監牢裡。我真羞於直陳，連我那生性愉快的米尼也忘了她的老朋友了。新的友伴填滿她的生活。她長大起來，和女孩們一起消磨她大部分的時間。的確，她和她們廝混的時候真夠多，連她時常走動的父親的房間裡也不來了。我也很少和她閒談。

幾年已過去了，又是一個秋季來臨，我們已準備好我們米尼的婚事，吉期揀在普佳節假日。把難近母送回開拉斯[7]，我們家裡的光明也將送到她的夫家去。而留下她的父親的家在陰影裡。

晨光晴明，雨洗後的空氣使人有纖塵不染之感。太陽照耀，如鍍黃金。這真夠明亮，連我們加爾各答小巷中汙穢的磚牆，也沐受著美麗的清輝。從今天黎明開始，喜事的喇叭便響著。每響一下，我的心便悸動一次。巴拉毘(Bhairavi)的哀調，似乎加劇我行將

---

7 關於難近母的普佳節故事，參看拙著商務版《印度歷史故事》。

離別的苦痛。我的米尼今夜要出嫁了。

喧囂和雜沓一清早就充溢著我屋子，在天井裡要把天幕張在竹桿上，那響著丁令之聲的枝形燈架，一定要掛在每一間房中和走廊裡。忙亂與騷擾持續著沒有盡頭。我正坐在書房裡看帳目，有個人進來必恭必敬地行了禮站在我面前。他就是喀布爾人羅赫蒙。起先我想不出來，他沒有帶袋子，沒有長頭髮，也沒有從前一樣結實。可是他一笑起來，我仍認識他了。

「你幾時來的，羅赫蒙？」我問他。

「昨天晚上，」他說，「我從監牢裡釋放出來。」

這些話在我很覺刺耳。我從來沒有和那種人——他曾傷害同他來往的人的——說過話，當我意識到這點，我的心不禁收縮起來，因為我覺得他不來打擾這吉日的兆頭比較好些。

「我家正在辦喜事，」我說，「我很忙，可不可以請你改天再來？」

他馬上轉身走出去。但當他走到門口，他遲疑了一下，對我說：「先生！我可不可以看一看你的小寶寶？」在他的腦海中，米尼還是和從前一樣。他描擬著米尼和往常那樣奔向他，喊著：「哦，喀布爾人！喀布爾人！」他還想像他們會說說笑笑，正像從前的老樣子。事實上，他為了憶念往日的友誼，想辦法從一個同鄉那裡獲得了一些杏仁、葡萄乾和葡萄，小心地用紙包得好好的帶了來，因為他自己的一點兒老本，都已花光了。

我又說：「屋裡有喜事，今天你看哪一個人都不可能。」

那人的臉色變了，他有所希冀地呆望了我一會，說一聲「早安」，就出去了。

我覺得有點抱歉，想叫他回來，但我看見他又自動回來了。他拿出他的禮物走近我身邊說：「先生，我帶了這一點兒東西給小寶寶，你願意代為轉遞嗎？」

我收下禮物，正要付他錢時，他捉住我的手說：「你太客氣了，先生！請不要付錢，留下我的紀念吧！——你有一個小女孩，在我家裡也有一個正像她一樣。我想念她，就帶菓品給你的孩子。——並不是為我自己作買賣。」

他一面說話，一面伸手到他寬大的衣服裡去掏出一張骯髒的小紙，戰戰兢兢地展開它，放在我桌上用雙手把它撫平。那不是一張照片，不是一幅圖畫，在那上面是用墨水塗在手掌再按在紙上的一個小小的手印。他雖年年來到加爾各答，在大街小巷兜售他的貨品，這個他小女兒的印記，卻常在他心頭。

我不禁流出眼淚來，我已忘掉：他是一個可憐的喀布爾水菓販子，而我卻是——哦，不，我和他有什麼兩樣？他同樣是一位父親啊！

他那在遙遠山國的家裡的小帕爾拔蒂的手印，使我想起我自己的小米尼。

我馬上把米尼從閨房內室叫出來。雖引起了不少麻煩，我都不理會。她穿著吉日的紅綢衣服，額上塗著檀香膏，已打扮成一個年輕新娘。她羞答答地走來站在我面前。

喀布爾人看到這情景有點站立不穩，他不能重溫他們舊日的友誼。最後他含笑說：「小寶寶，你是不是要到阿公家去了？」

米尼現在已懂得「阿公」這名詞的意思，她不能像從前一般答覆他。她被問得臉紅，兀自站在他面前低下了頭。

我記起了喀布爾人和米尼初次相見那天的事，我感到難過。米尼走了以後，羅赫蒙深深地歎了一口氣，就蹲下坐在地板上。忽然他想起來，在這長時間內他的女兒也一定長大了，她大概也和他生疏了，須得重新熱絡起來。無疑的，他將找不到他往常所熟悉的她。而且，在這八年之間，難保她沒有什麼變故啊！

喜慶的喇叭響著，溫暖的秋陽照射著我們。可是羅赫蒙坐在那加爾各答的一條陋巷裡，眼前展開著阿富汗的荒瘠山嶺。

我取了一張大鈔票給他道：「回到你本國自己的女兒身邊去吧！羅赫蒙，願你父女團聚的歡樂，也帶給我的孩子以幸福！」

送了這麼一個禮後，我不得不節減掉若干儀式，我不能再有我預定的電燈和軍樂隊，屋裡的婦女們大為洩氣。可是在我，覺得這次的喜筵格外光彩，因為我想到在那遙遠的地方，一個存亡莫卜久已失去的父親重新會到他那唯一的孩子了！

（文開譯）

無上的一夜

蘇臘白萊，她和我曾一起到一個女先生的學校裡去讀過書，而且兩人常扮演結婚的遊戲。我常到她家裡去，她母親也常愛撫我，叫我倆肩並肩坐著，自言自語地說：「多麼可愛的一對啊！」

那時我還是一個小孩子，但我也能懂得她的意思了。這觀念在我心中生了根，就是我對蘇臘白萊有了一種在普通人以上的特權。因此，用佔有者的高傲，我時常責罰她，虐待她；而她呢，也甚願為我服役，一聲不響地忍受我的懲誡。村裡的人都讚揚她的美麗；可是在我這粗野少年的心目中，這種美麗並不稀奇；——我只知道，蘇臘白萊在她父親的屋裡生下來就是專為做我的配對的，所以她是不放在我心上的一個特殊人物。

我的父親是裁明達周圖利家[1]的田地管理人。他打算等我學會一手好字時，就訓練我經管田地的工作，再給我在某一處地方謀求一個收租的職位。但在我心裡，我不喜歡這提議。我們村裡有個叫尼爾羅丹的，跑到加爾各答去學會了英文，終於做了地方行政長官的納齊爾[2]。這是我生平的理想。我已私下決定：即使我不能做成行政長官的納齊爾，也得做一個法院的首席書記官。

我看見我父親常用十二萬分恭敬的禮貌去接待那些法院的官吏。我從小就知道，他們是必須用魚、蔬菜甚至現金作為禮物去奉承的。因此，那些法院的下級官吏，甚至於法警之流，在我心目中也有著榮譽的高等地位。這些官吏是在我們孟加拉地方所崇拜的神祇，——也是印度教萬神殿上三億三千萬神祇的現代縮印本。為了獲得物質上的成就，人民對於這些官吏所付的忠誠，遠勝於善良的「成功之神」伽藍司[3]。現在人民把從前伽藍司所得的一份都奉獻給那些官吏了。

尼爾羅丹的先例燃起了我的熱力，我也抓住了一個適當的機會逃走到加爾各答去。我先住在一個同鄉熟人的屋裡，後來從我父親那邊得到了些教育費。於是我獲得了正式的攻讀。

附帶的，我加入了政治組織和慈善團體。我絕對相信，為了我的祖國，一旦奉獻出我的生命，這是急切需要的。但是我不知道這樣一種艱難的事業怎樣才能實行。也沒有

---

1 Zemindar，印度收租吏或包租人，相當於他國之地主。

2 Nazir，首席書記官或重要屬員。

3 象頭神。

人指示我路徑。

雖然如此，我的熱忱卻並未絲毫減低。我們這些鄉村童子，還沒有像早熟的加爾各答男孩般學會了蔑視每一件事物，因此，我們的信心還是十分堅強。我們組織裡的領袖們經常演說，我們則不顧空腹的飢餓在中午的烈日下挨門挨戶去募捐，或者站在路邊分發傳單，或者在會議廳中安排椅子、凳子。而且，如果有人敢於耳語一聲來反對我們的領袖，我們便會準備毆打他。為這些事，城裡的少年們常笑我們是鄉下人。

我到加爾各答來本想做納齊爾或首席書記官的，但是我現在又準備做一個馬志尼或者加里波的了[4]。

在這個時候，蘇臘白萊的父親和我的父親一起接頭，要合成我們的婚事，我到加爾各答來是十五歲，那時蘇臘白萊只八歲大。現在我十八歲，照我父親的意見，我是幾乎要錯過結婚的年齡了。可是我已私自起誓，終身不娶，為國而死；所以我告訴我父親說，在我完成學業以前，我不願結婚。

不到兩三月功夫，我就聽說蘇臘白萊已嫁給一位名叫郎洛姜的律師。當時我正忙於募捐，從事印度的復國運動，這消息似乎不值得我關心。

我已正式進了學校，即將參加期中考試，這時我父親死了。我並非從此成為世上的單身漢，還有我的母親和兩位妹妹要我贍養。因此我不得不輟學，離開大學去找尋職業。費了一番努力之後，我才謀得一個初級學校的副校長職位，在瑙卡里區的一個小鎮上。

我想，這正是適合我做的工作了！憑我的教導和鼓勵，我將訓練我的學生，個個成為未來印度的將軍。

我開始工作，於是發現那迫近前來的考試是比印度的將來更加緊急的一件事。我一談到文法或代數以外的任何事情，校長便要生氣。不消數個月，我的熱忱也就衰退了。

我並無天才，在安靜的家裡，我可以製造不少極大的計劃；可是當我一踏進工作的田地，我就不得不像印度的牡牛般頸上套著拖犁的軛，讓我主人扭曲著我的尾巴，整天耐性地低頭翻土。到日落時分，如果能夠得到一些草料來咀嚼，就不得不感到滿足了。這樣一種生物，是沒有精神來騰躍和馳騁的。

教師之中有一人要住在校中，以防火災。因為我是獨身男子，這工作便輪到我頭上。我被安置在校內大廈近旁的一所草頂小屋中。

校舍離市鎮的住宅區有一些路，造在大水堰的旁邊。校舍的四周，環繞著檳榔、椰子和瑪達樹，而最靠近校舍建築的兩株龐大的古老尼姆樹，兩樹長在一起，在周圍張起

---

4 Mazzini 和 Garibaldi 二人都是義大利獨立運動中的民族英雄。

了一片清涼的蔭翳。

一件事我忘記敘述了，說實話，我一向以為這是不值得敘述的。當地的公家律師郎洛姜・雷，就住在我們學校附近。我也知道他的妻子——我早年遊戲的伴侶蘇臘白萊——和他住在一起。

我和郎洛姜先生相識了。我不能說，當時他究竟是否知道我在童年時代已認識蘇臘白萊。在第一次經人介紹和他相見時，我想不便提起此事。事實上，我並未記得清蘇臘白萊和我的生活有過任何關聯。

在一個假日，我去訪問郎洛姜先生。當時我們交談的話題，已經想不起來了；大概總是今日印度的不幸狀態吧。並非為他對這事極其關切或痛心，不過因為這話題是這樣，可以讓人一邊抽著水煙管，一邊隨便把感傷的愁緒傾吐一兩小時而已。

正交談間，我聽見隔壁房間裡有很輕的大約是手鐲的叮噹聲、衣服的悉索聲，和腳步的聲響；我覺得一定有兩隻好奇的眼睛正在微啟的窗縫裡偷看我。

驀地在我的記憶裡閃現出一雙眼睛，——一雙閃耀著信任、天真和少女之愛的大眼睛，——烏黑的眸子，——深濃的睫毛，——鎮定的注視。忽然間某種看不見的力量，像鐵鉗般緊夾住我的心，使它因劇烈痛楚而悸動。

我返回自己的屋裡，可是痛苦仍緊纏著我。我無論是看書，無論是寫作，無論是做任何別的工作，我不能移去我心頭的重壓；似乎有一種重載懸掛在我心弦上，時常在擺動。

到了晚間，我稍稍鎮定了一些，開始自己反省：「什麼使我難過呢？」我的內在深處在發問：「你的蘇臘白萊如今在哪裡？」我回答道：「我自己願意放棄她的。當然，我並不希望她永遠等待。」

可是那裡還在說：「在當時，你只要說一聲，你就可以得到她。而現在，無論你怎麼樣，你連見她一面的權利都沒有。這個你童年時代的蘇臘白萊原可非常和你親近的；你原可聆聽她手鐲的叮噹聲的；你原可嗅吸她頭髮所散發出來的香氣的；——可是如今在你倆之間將永遠隔著一道牆壁了。」

我回答道：「算了，蘇臘白萊與我有什麼相干呢？」

我的心卻插入說：「在今天，蘇臘白萊固然與你不相干，可是，以前她有什麼不能給你變成的呢？」

唉！一點不錯，她有什麼不能給你變成的呢？她本來可以給我變成——我的最親愛的一切，比世界和我更親近，成為我的生命的一切歡樂與憂患的分享者。而現在，她的距離是這樣遠，跟我是這樣生疏，以致望她一眼也是犯禁，和她談一句話是不正經，而思念她就是一種罪惡！——而這位不知從哪裡突然跳出來的郎洛姜，不過喃喃地唸了幾句宗教經文，一下子就把蘇臘白萊從其餘的人中間攫去了！

我原不想來宣說新倫理的法典，也不想來改革社會；我不希望去撕碎人家的家庭束縛。我只是表現我精神的真正作用，雖然這也許是不正當的。我用什麼方法也不能從我心中驅除這意識：那受庇於郎洛姜的家庭而煊赫的蘇臘白萊，屬於我的成分遠勝於他。這思想，我承認，不正當而且不道德，——但這並非不自然。

從此以後，我安不下心來去做任何工作。白天，當我班上的學童們咿唔作聲，當屋外的大自然烘暖在太陽中間，當尼姆花的香氣被和風送進教室來，這些時候，我就希望，——我不知道我希望什麼；但這個我可以說，我不願蹉跎我的終身於批改那些未來的印度救星的文法習題上。

放學以後，住在我那間寂寞的大房子裡，我不堪忍受；不過，假使有人來拜訪我，我又討厭。在蒼黃的暮色中，我坐在水堰邊靜聽那乏味的微風在檳榔與椰子樹間歎息，我常默想，人類社會是一口錯誤的網；沒有人知道正確的時間做那正確的事，等到機會錯過了，我們再為渺茫的渴望而心碎。

我本來可娶了蘇臘白萊而過幸福的生活。可是我一定要做一個加里波的，——結果我卻變成一個鄉村學校的副校長！而律師郎洛姜，他並無特別任命來做蘇臘白萊的丈夫，——在他，在結婚以前，蘇臘白萊和成百的別的少女沒有什麼分別，——等他不聲不響地娶了她，當著公家的律師賺著不少金錢；那時她的飯菜燒得不好，他便叱罵蘇臘白萊；他興緻好的時候，他便給她一副腳鐲！他圓滑而肥胖，服裝齊整，一點不用擔心什麼；他從來不在水堰邊凝望天上的星而歎氣以消磨他的黃昏。

郎洛姜被召到別處去處理一件大案子，要離開市鎮幾天。蘇臘白萊在她屋裡，正像我在我的校舍中一樣寂寞。

我記得那天是星期一。從清早起，天空就陰雲密布，到了十點鐘，開始下小雨。看見天色不好，我們校長便提早放學。散亂的黑雲在空中整天的奔跑，好像正在準備作什麼場面的表演似的。第二天將近下午，隨同暴風的到來，大雨就傾瀉而下。當夜漸深時，風雨的聲勢格外猛烈。最初，風向是朝東，逐漸轉向，變成朝南和西南吹打。

在這樣的夜裡，還有誰想睡覺？我記起了，這種恐怖的天氣，蘇臘白萊卻獨自一人在她屋裡。我們的學校比她的平房造得堅固，幾次我想去邀請她到校舍中來，而我自己一個人到水堰邊去過夜。不過我不能鼓起勇氣這樣做。

到夜裡一點半鐘，我驟然聽見了浪潮的吼聲，——哦，海水向我們衝過來了！我離開我房間奔向蘇臘白萊家裡去。在半路上，矗立著我們水堰的一道堤岸，當我涉水前去，洪水已淹到我膝頭上。我攀登堤岸時，第二個浪潮在堤上飛濺開來。堤岸的最高處比平地高出不止十七呎。

當我爬到堤岸上時，另一個人從對面到來。她是誰呢？我身體的每一根纖維馬上知道了，我的整個靈魂隨著我的知覺顫動起來。絕對無疑，她也已經認清了我。

在不過三碼左右面積的一個小島上，站著我們兩個人，其餘的地方全被水淹沒了。這是個洪水時期，天上的星辰全被塗抹掉了，大地的一切光線都變成漆黑。這時候我們如果相攀談幾句，那又何妨？可是我們不能使自己說出一個字來，甚至於我們照例問候的話也沒有說，我們只是站在一起凝視著黑暗。在我們的腳下，迴旋著那濃厚的、墨黑的、狂亂的、吼叫著的死之急流。

今天，蘇臘白萊離開了全世界來到我的身邊。今天，她除了我，沒有第二個人了。在我們遙遠的童年時代的這個蘇臘白萊，從某個黑暗的、原始的、神祕領域出來，從另一個天體來到這光輝的有人類的大地上來，站在我的身邊；而今天，經過了一段遼闊的時間，她又離開了充滿光輝和人類的大地，來到這個大自然臨終抽搐的悲慘可怖的一片昏暗中，獨自一個站在我身邊。生的川流曾投擲這幼嫩的蓓蕾到我面前來，而如今死之洪水偏偏又把盛開著的那同一朵花漂流到我這裡來，卻不到別人那裡。只要再一個浪潮，我們就會從這大地的最後據點上被捲去，脫離我們現在分開坐著的石礅，而同歸於盡了。

願那浪潮永不沖來！願蘇臘白萊多福多壽，多子多孫，幸福地活下去！這一夜，站在大自然毀滅的邊緣上，我嘗味了永恆的幸福。

黑夜漸漸地過去，暴風雨停止了，水退落了；一句話也沒有說，蘇臘白萊返回她的家去，而我，也一聲不響地回到我的小屋裡。

我自己反省：的確，我並沒有做成納齊爾或首席書記官，也沒有做成一個加里波的；我只是一個卑微的小學副校長。可是這短促的一夜，已經輝耀了我整個生命的行程。

那一夜，超乎我所有命定的晝與夜之外，是我卑賤生存中的無上的光榮。

（文開譯）

皈依者

一

某一時期，當我的聲望在一部分讀者間低落到極點時，我的名字成為在報上被不斷輪流辱罵的眾矢之的，我覺得我需要退隱到一處清靜的地方去韜光養晦，努力忘掉自己。

我有一所房子在離加爾各答不遠的鄉間，住在那裡我可以不為人知，自由自在。村民們對我還毫無成見，他們知道我不僅僅地來渡假消閒或尋歡作樂，因為我未曾以城市的喧囂來擾亂這鄉村夜晚的靜寂。而他們也未把我當作一位苦行者看待，因為他們和我稍有認識，便覺我有點兒人情的風味。對於他們，我不是旅客，因為，我雖然有浪遊的天性，但我的漫步於鄉村田野間卻是無所謂的。他們連我已否結婚也難確定，因為他們從未見我和我的孩子在一起。所以他們不能把我分類在任何動物或植物的領域，他們早已不管我，把我一個人冷落在孤獨裡。

然而，最近我才知道，在這村裡，也還有一個人對我很感興趣。我們的認識開始於七月裡一個悶熱的下午，那天下了整個上午的雨，空氣中還含著霧氣的濕重，有如哭泣過後的眼瞼。

我懶洋洋地坐看那一頭斑色牛放牧在高峻的河岸上。午後的太陽正玩弄著隱現的光彩，這光之衣的單純的美，使我悠然地驚奇於人們勾心鬥角去耗費金錢在設置服裝店來褫奪他們自己皮膚的天然外衣。

當這樣閒眺著，懶洋洋地沉思著，一個中年婦人走來俯伏在我面前，以額觸地。在她的外衣中，她帶來幾枝鮮花，她將其中的一枝合掌獻給我。獻花時她對我說：「這是獻給我上帝的供品。」

她走開了，當她說這句話時，我愕然有頃，以致難於在她離去前看她一眼，這整個小事件十分簡單，但是留在我心上有一個深刻的印象。當我再回頭去看那田中的牛，牠咀嚼多汁的青草時做著深呼吸，一面牠揮去蒼蠅，那種牛的生活情趣，似乎對我充滿著神祕的意味。我的讀者們或許要笑我的痴愚，可是我卻滿心的是崇拜愛慕之情。我把我頂禮讚美奉獻給生命的純真樂趣，就是上帝自身的生命。於是，折了一根芒果的嫩枝，我拿在手裡餵飼了那頭牛；做了這件事，我有著已經使上帝歡悅的滿足。

第二年我再回到這村莊來是在二月。冷季還逗留未去，朝陽進入我的房間來，我感謝它給我的溫暖。當僕人來說一個毘濕奴派的皈依者要來看我時，我正在寫作。我心不在焉地告訴他，把她帶上樓來，而我仍繼續寫作。這個皈依者進來，彎身下去摸我的腳，我認出她就是我一年前曾遇見過一面的婦人。

現在我可以看清她了。她已經過了人家問一個女子是否漂亮的年紀。她的身材超過普通高度，身體很是結實；但她的背有一點兒弓起，大概是她慣於謙恭的緣故。她的態度很自然，並不畏縮。她容貌最可使人辨認之點是她的一雙眼睛，似乎有一股穿透的力量，能使距離為之接近。

她那雙大眼睛，似乎壓迫了我，當她進來的時候。

「這是什麼？」她問。「你為什麼把我叫到你的寶座前面來，我的上帝？我常在樹林中見你，那要好得多，那裡才真是會見你的地方。」

她一定曾看見我在花園裡散步，而我沒有看見她。只是最近幾天我著了涼，所以未能到外面去，逼得我只好留在屋裡，從陽臺上向夕陽時分的晚空致敬。沉默了一會兒後，皈依者對我說：「哦，我的上帝，請給我幾句嘉言懿訓吧！」

我完全沒有防備這突如其來的請求，我隨機應變地回答她道：「嘉言懿訓，我既不給與，亦不接納。我只要光是睜開了眼睛，保持著靜默，我就馬上能同時聽見和看見，雖則那時沒有人發言，現在，我望著你，就與聽到你的聲音一般無二。」

我說話時這位皈依者十分光火，高叫道：「上帝對我說話，不光是用他的嘴，而且用他整個的身體。」

我對她說：「當我靜默時，我能用我的全身來聽。我離開加爾各答到這裡來，就是來聆聽那個聲音的。」

這皈依者說：「是的，那個我認識的，因此我已到這裡來坐在你旁邊。」

她在告別之前，再向我彎身下去摸我的腳。我能看出她有些苦惱，因為我的腳穿著東西。她希望我的腳裸露著。

次晨一早我出來，坐在我那屋頂的陽臺上，在向南的列樹之外，我可以看見凝寒荒涼的曠野，從村邊叢樹的外面，我可以眺望旭日上升於東方甘蔗田之上。在那些濃黑樹叢的盡頭，村莊的道路，突然顯現出來，那條路向前伸展，蜿蜒曲折，通到地平線上一個遙遠的村莊，以至消失在煙霧的蒼茫中。

那天早晨太陽究竟上升與否不易說出，白色的霧靄仍黏結在林巔，我看見那個皈依者步行於朦朧的晨曦中，有如曙光的霧之幽靈，她吟誦著讚美上帝的簡曲，手中響著她的鐃鈸。

濃霧終於消散了，太陽像村中的慈祥老人開始照料一切在屋裡和田頭進行著的工作。

我剛坐好在我的寫字檯前，正滿足我的加爾各答編輯先生的飢餓腸胃，樓梯上傳來了一陣腳步聲，皈依者兀自哼著調子，走進來向我磕頭，我便從紙堆中抬起我的頭來。

她對我說：「我的上帝，昨天我用了你剩下的像聖餐一般的食物。」

我很驚訝，問她怎麼能那樣做。

「哦，」她說，「晚上我候在你的門口，那時你在用晚飯，當你的餐盤取出來，我拿了些食物來吃。」

這對我是一件出乎意外的驚人之事，因為村子裡每一個人都知道我曾到過歐洲，同歐洲人一起吃過飯，當然，我是一個蔬食者，但我廚子的聖潔，經不起人家的查察，保守的舊派認為我的食物是不潔的。

皈依者注意到我驚詫的表情，說道：「我的上帝，假使我不可以吃你的飯，那麼我究竟為什麼要到你這裡來呢？」

我問她，她本階級的人說些什麼，她告訴我她已經把這個消息傳遍全村的遠近了。她一階級的人都搖首，但同意了她應該自行其是。

我發現這位皈依者出身鄉下的望族，她的母親很有錢，很想收留她的女兒。但她自己願意做一個托缽者，我問她怎樣維持生活，她告訴我她的徒眾給了她一塊地，而她又沿門乞食，她說：「我從化緣得來的食物是神聖的。」

我思量了她說的話以後，我明白了她的意思。當我們得到的飲食來自人家隨願樂助的布施時，我們記著上帝是施與者，但當我們在家裡安定地享受飲食，習以為常，我們便會認為這是我們自己的權利。

我很想問她一下關於她丈夫的事，但她從來沒有提起他，甚至有關她的事都不提，因此我就不便問她。

很快我發現，這皈依者在村中上等階級人居住的地方，壓根兒沒有人尊敬她。她說：「他們從未花費一文為上帝服務，雖則他們享受了上帝領域的最多一份。可是可憐的禮拜者卻餓著肚子。」

我問她為什麼不去住在那些沒有上帝的人們之中，幫助他們走向較善的生活。我用一種動人的語調說：「那樣，會成為神聖禮拜的最高形式。」

我時常聽到這一類的說教，機會到來時，為了公益之故，我樂於自己來照樣抄襲一番。

但是這位皈依者對我的說話一些印象也沒有。她睜著她那一雙大的圓眼，直望著我，說道：

「你的意思是說，因為上帝是和罪人們在一起的，所以你給他們做任何事情，都是為上帝做的，是這樣意思嗎？」

「是的，」我回答，「那就是我的意思。」

「當然，」她幾乎按捺不住地回答，「當然上帝是和他們在一起的，否則他們怎樣能活下去？但那對於我又有何相干呢？我的上帝並不在那裡，我的上帝不能在他們之中禮拜，因為我不在那裡看見他，我訪尋他要在我能找著他的地方。」

她說話的當兒，向我行著禮，她的意思就是這樣說：「僅只上帝無所不在的學說並不能幫助我們。上帝遍滿一切——這個真理也許僅只是一個無從捉摸的抽象觀念，所以對於我們是不著實際的。在哪裡我能看見他，哪裡就是我心靈上的實體。」

我不須解釋，她一向對我所表示的信心，她並不把我當作一個人，我只是她神聖崇拜的一種運送的車乘，接受或拒絕都不在我，因為這不是我的，而是上帝的。

當那位皈依者再來時，她又看見我忙碌於我的書籍和紙堆之間。

「你正做了些什麼事？」她帶著顯明的懊喪表情說，「我的上帝要你做這樣的苦工嗎？我隨便什麼時候來，總看見你在讀和寫。」

「上帝要他那無用的人繁忙。」我答道，「否則他們定會有問題了。他們去做那些起碼的事情來維持生活，這樣使他們免除了苦惱。」

皈依者告訴我，她不堪忍受我天天被那重重的障礙圍繞著，她要來看我時，僕役們不准她逕自上樓；當禮拜時，她要摸我的腳，我的襪子又常常擋在那裡。而當她要和我簡單地談幾句，她又發現我的心迷失在廣漠的文翰之中。

這一次，她在離開我以前合掌說道：「我的上帝！今朝我感覺到你的腳在我懷抱中了，啊，多麼涼爽啊！這是赤足，沒有被遮住。我把它們放在我的頭上頂禮很久，我感覺到我的確存在了。然後，我請問你，我到你這裡來對你究竟有什麼用處？我為什麼要來？我的上帝，請老實告訴我吧！——是否這只是一個迷惑？」

在我桌子上的花瓶裡插著幾枝花，她在那裡時，花匠拿了些新鮮的花來掉換，她看著他把花換了。

「就這樣算了嗎？」她喊出聲來，「你就算把那些花處置了嗎？那麼，把它們給了我吧！」

她輕柔地用雙手捧著那些花，低頭去凝視它們。沉默了幾分鐘，她再抬起頭來，向我說道：「你並未關注過這些花，所以你覺得它們不新鮮，如果你用心仔細看它們，那麼，你的讀和寫都將吹向清風中去了。」

她將那些花用她長衣的末梢束在一起，束好了，就用禮拜的姿勢，放在她的頭頂上，恭敬地說：「讓我的上帝隨伴著我。」

當她這樣做了，我才覺得那些花在我們屋裡沒有從我們手裡得到應有的愛惜。我們把它們插在花瓶裡，就像一排淘氣的學童在站著聽候處罰。

當天晚上，皈依者又來屋頂陽臺上坐在我腳邊。

「我把那些花送了，」她說，「我今天早晨去挨門挨戶唱著上帝的名字送的。我們村子的村長萍宜譏笑我的虔誠，他說：『你為什麼耗費全部的信仰在他身上？你可知道在這一帶鄉下把他罵成個什麼樣子嗎？』那是真的嗎？我的上帝，真的他們和你過不去嗎？」

一時使我默默無言，這使我很震驚，原來印刷機的墨漬，竟能遠達這窮鄉僻壤。

皈依者繼續說下去道：「萍宜以為他能一口氣吹滅我信仰的火燄！可是這並非微弱的火燄，而是熊熊之火。我的上帝啊，他們為什麼要濫罵你呢？」

我說：「我應該被罵，因為我猜想在我貪得的欲念中是漫步以暗中竊取人們的心。」

皈依者說：「現在你自己看見了，他們的心究竟有多麼一點兒的價值！它們滿是毒藥，這種毒藥將治療你的貪欲。」

我回答道：「當一個人心中有著貪欲的時候，常是處身在挨打的邊緣。貪欲的本身供給你的敵人以毒藥。」

「我們的大慈大悲上帝，」她回答，「用他自己的手來打我們，而逐去所有的毒藥，如果一個人受到上帝的責打，能忍受到底，那麼他得救了。」

二

那天晚上，皈依者告訴了我她生平的故事，當她從頭到尾述說她的故事時，黃昏的星斗在樹林的後面升起又落下。

「我的丈夫是很單純的，有些人以為他是一個蠢漢；但我明白，理解單純的人，他的理解反真切，在事業上和持家方面他都能自有辦法，因為他所處甚微，欲望也不大，他能夠小心地量入為出，他不會牽涉到其他的事情，也不想理解其他的事情。

「在我們結婚以前，我丈夫的雙親早已去世，所以我們家裡只有孤單的兩人。但是我的丈夫常需有人去照管他，我不好意思告訴人，他對我保持著一種敬意，看待我有如他的長輩。不過我相信，他能夠理解事物較勝於我，雖則我比較大有說話的能力。

「在世界上全人類之中，最為他所尊敬的是師尊答顧爾。的確，那不獨是尊敬，而且是愛；像他這種愛是罕有的。

「師尊答顧爾比我丈夫年輕。啊！他是多麼漂亮啊！

「當他還是一個小孩的時候，我的丈夫便和他一起遊戲，從那時起，我的丈夫便把他的心和靈魂奉獻給他早年的朋友，答顧爾知道我的丈夫是多麼的單純，時常不留情面地嘲弄他。

「他和他的朋友們，為他們自己尋開心便玩弄他，取笑他；他卻用長久的耐性去忍受一切。

「我嫁到這家去時，師尊答顧爾正在班那勒斯讀書，他的一切費用常由我丈夫支付。當他回到我們村上來，那時我是十八歲。

「在十五歲時我生了小孩。我是太年輕，我還不知道怎樣去留心照管他。我喜歡閒談，和村上的朋友們一起聊天，一聊就是幾個鐘頭，當我被逼著留在家裡看護小孩的時候，我常對我的孩子十分光火。天啊！我的小天使來到我的生命中，但他的玩具沒有給他準備，他來到母親的心裡，但母親的心落在後面，他憤怒之下離我而去；從此我在這茫茫的世界到處搜尋他。

「那孩子是他父親生活的樂趣，我的無意的疏忽使我丈夫痛心，但他是一個不作聲的人。他從未有能夠發洩他苦痛的機會。

「奇怪的是那孩子不管我的冷待，還是愛我甚於其他任何一個人。他好像怕我有一天會離他而去。因此，就是我陪著他時，他也要目不轉睛地兀自望著我，他很少和我在一起，所以他盼望我陪著他常是熱切而急迫，當我每天到河邊去，他常急切地伸出一雙小手臂來要我帶他去，可是那河邊的浴場是我會朋友的地方，我不樂於帶了孩子來拖累我自己。

「那是一個八月的清晨，一層層的陰雲用緊貼的濕衣裹住了白晝。我到河邊去時，吩咐女僕照顧這孩子。但我走開，這孩子便哭著跟在我後頭。

「我到達河邊時，浴場上沒有一個人，若說游泳，在全村的女人中，我是游得最好的了。河水因下過大雨漲得滿滿的。我游到河流的中央，離開岸邊相當遠。

「那時我聽到岸邊傳來了喊聲，『媽啊！』我回頭望見我的孩子正在石級上走下來，一面喊著，一面走著。我大聲呼喊他止步，但他還是只顧走下來，一面笑，一面叫我。我的手腳因恐怖而痙攣；我閉著眼睛不敢看，當我張開眼睛時，我孩子的笑的漣漪，已從光滑的石級上永遠消失了。

「我回到岸邊，從水裡把他撈起。我把他抱在手裡。我的孩子，我的寶寶，他往常總懇求我帶他在一起也沒依他，現在我抱著他，但他再也不望我的眼睛，叫一聲『媽』了。

「我的小天使來到我家後，我一向疏忽，總讓他哭喊著。已往的疏忽，開始打擊我的心，一下又一下，不斷地打擊著。當孩子在世時，我讓他孤獨一人，拒絕他和我在一起，而現在，他已死了，他的記憶卻緊依著我，永遠不離開我。

「我丈夫所受的苦痛只有上帝才知道，假使他為了我的罪懲罰了我，或許對我們雙方都要好一些。但他只知道怎樣緘默地忍受著，不知道怎樣來說話。

「我正為哀悔而幾乎發瘋，師尊答顧爾回來了。早年，他與我丈夫之間的關係，僅是童年的友誼；而現在，我丈夫對於他的德行與學問有無限的敬仰，在他面前，他艱於言辭，他是非常怕他的。

「我的丈夫請求他的師尊來安慰我，師尊答顧爾開始對我誦讀和講解聖經，但我並不以為這對我的心有多大的影響。在我覺得所有的價值就在誦讀時發出來的聲音中。上帝將神聖生命的甘露放在人們的心之最深處，要通過人的聲音才可喝到，他手中並無比這更好的杯盤，就是他自己喝他的神聖甘露，也從這隻杯子裡倒出來。

「我丈夫對他師尊的敬愛充盈在我們的屋裡，正如檀香的氣息滿溢在廟堂的神龕，我表示了那種敬仰，得到了安寧，我從那師尊的方式見到了我的上帝，他每天早晨常來我們家裡吃早餐，從睡夢中醒來到我心頭的第一個思念是：他的食物似從上帝那裡來的神聖禮品。當我給他預備飲食時，我的手指會為歡快而歌唱。

「當我丈夫看見我對他的師尊有了信仰，他對我的敬意也大為增加了。他注意到他的師尊極願對我講解聖經，他常想，像他的魯鈍，他永遠不能期望贏得他師尊的眷顧，但他的妻子已給他做到這一點了。

「這樣，愉快地又過了五年，似乎是一生也會像那樣過去；可是在這表面的底層下，還有偷竊的事情在某處暗中進行著。我無從探獲，但這被我心靈的上帝發現了。於是，在某一天，在瞬息之間，我們整個的生活都顛覆了。

「這是在仲夏的一個早晨，我在河邊沐浴回來，我全身的衣服都是濕的，走下一條陰暗的小巷，在路的彎曲處的芒果樹下，就遇見我的師尊答顧爾。他肩上搭著毛巾，口中背誦著梵文的詩篇，他正走去沐浴。因為我濕衣緊貼著我的周身，我不好意思見他的面，我想很快走過去，不和他見面。他卻叫喚了我的名字。

「我停下來，低下了我的眼睛，兀自瑟縮不安，他目不轉睛地望著我，說道：『你的身體多麼美麗啊！』

「整個鳥兒的世界似乎在頭上的枝頭迸發出情歌來，小巷裡所有的樹叢似乎都熾燃起花朵來。那似乎天地和一切的一切都變作了醉人狂歡的暴動。

「我已說不出怎樣回到家裡的了，我只記得我衝進我們禮拜上帝的房間裡，但這間房似乎空著，在我眼前只有那些我從河邊回來半路在陰暗小巷裡所見一樣燦爛的金葉閃光跳動著，戰慄在我面前。

「那天師尊答顧爾回來吃東西，問我丈夫我到哪裡去了，他尋找我，但哪裡也沒有能夠找到我。

「唉！從此原來的大地已不再是我的；原來的陽光也不再屬於我。我因驚惶而呼喚上帝，可是他對我卻掉頭不顧。

「那一天，我不知道是怎樣過去的，到晚上，我不得不去會見我的丈夫。但夜是黑越越、靜悄悄，那就是我丈夫的心神像朦朧時分的星星放出清輝來的當兒。我聽到他在黑暗中說話，我發現他理解得那麼深切，使我不勝詫異。

「有時因處理家庭雜務，晚上我很遲才去休息，我的丈夫便坐在地板上等候我，不上床去睡。在這種時候，我們的談話，往往從有關我們師尊的事情開始。

「那晚半夜過後我才回臥室，我發現我丈夫睡在地板上。睡夢中他伸了一次腳，踢著我的胸脯，那是他最後的贈賜。

「第二天早晨，我的丈夫從睡夢中醒來時，我已經坐在他旁邊。窗外的殘宵透過賈克草樹的叢叢密葉，呈現出黎明的初次微紅。天還很早，烏鴉還不曾開始啼叫。

「我彎身把我的額頭觸著丈夫的腳，他驚駭得像從夢中醒過來地坐起來，望著我的臉，愕然有頃。我說道：

「『我已下了決心，我必須出離這世界，我再也不能屬於你了，我決定離開你的家。』

「也許我丈夫以為他還在做夢，他不曾說一個字。

「『唉！聽我說啊！』我苦痛地懇求著。『請聽我說使你了解啊！你只好再娶個妻子了，我決定向你告別。』

「我的丈夫說：『一切狂亂的瘋語算什麼？誰勸你出離這世界？』

「我說：『我的師尊答顧爾。』

「我的丈夫看來像昏亂的樣子，他叫喊著：『師尊答顧爾！他什麼時候勸告你的？』

「『昨天早晨，』我回答，『在我從河邊回來路上遇見他的時候。』

「他的聲音有一點顫抖，他回過來望著我的臉，問我說：『他為什給你這樣一道命令？』

「『我不知道，』我回答。『問他去！他自己會告訴你的，如果他能夠的話。』

「我丈夫說：『即使繼續住在這世界裡，出世還是可能的。你不必離開我的家，這我將向我的師尊說的。』

「『你的師尊，』我說，『也許會接受你的請求；但是我的心永遠不會答應，我一定離開你的家。從此以後，這世界對我不再相干了。』

「我的丈夫默不作聲，黑暗中我們坐在地板上，天亮時候他對我說：『讓我倆一起去見他。』

「我合掌說：『我永遠不再見他。』

「他直瞪著我的臉，我低著我的眼睛，他不再說什麼。不知怎樣，我曉得他已看透了我的心，了解究竟是怎麼一回事，在我的這個世界裡，只有兩個人最愛我，——我的孩子和丈夫。那種愛就是我的上帝，所以那兒不能承受一點兒虛偽，這二者之中一個離開了我，而我離開了那另一個。現在，我必須保持真理，單獨的真理。」

她在我腳邊觸到地上，起來向我彎身作禮，離我而去。

（文開譯）

戀之火

我到大吉嶺[1]的時候，正值天氣陰沉多霧。碰上這種天氣，誰也不願意往外跑。可是留在屋裡，卻又覺得悶得難受。在旅館裡吃過早餐，我就穿上厚實的大衣和靴子，仍舊出去散步。

天空飄著陣陣的細雨，濃霧籠罩著群山，使它們顯得好像是一幅畫家想擦去的圖畫。沿著加爾各答路，我一個人獨自漫步，忽然聽到近處有一個女子嗚咽的哭聲。這事本來極平常，不足為奇，不會引起人家特別的注意。的確，若在平時，我總也不會去留心它。可是在這舉目是無邊的濃霧裡，使我聽來竟像是一個正被悶死的世界在啜泣。

循聲走去，我發現一個女人坐在路旁一塊石頭上。盤繞在她頭上的一團蓬亂的頭髮，已被太陽曬成青銅色，她那發自內心深處的哭聲，好像已厭倦了長期的冒險，一下子被這層雲籠罩的山國之無比孤寂所降服了。

我試用此地通用的話問她是什麼人，為什麼在哭。初時她默不作答，只是透過濃霧和她自己的眼淚凝望著我。我叫她不要害怕。

她微笑一下，用道地的印度斯坦語作答道：「我早已不再害怕了，羞恥心也毫無剩留了。可是從前有過一段時期，跋菩耆[2]啊我也住在自己的閨房中的，就是我的兄弟也要先得到許可才進來。可是現在，我在這廣大的世界中，連什麼面罩也不剩留了。」

「我可以幫你什麼忙嗎？」我問。

她用眼睛盯著我的臉，答道：「我是巴德朗地方那華伯[3]可蘭迦提汗的女兒。」

巴德朗究竟是什麼地方？巴德朗的那華伯究竟是什麼人？而且天曉得，怎麼那華伯的女兒會變成一個苦行者，坐在加爾各答路上的轉彎處哀泣？——這一切我既無從想像出來，也無法相信。可是我對自己說，我又何必過於認真呢。不是眼前的故事滿有趣味的嗎？於是，我就恭而敬之地深深行了一個禮，說道：「比孋莎喜白[4]，我剛才竟猜不出你是什麼人。」

這位比孋莎喜白顯然很高興，她招呼我坐在她附近的一塊石頭上去，把手一揚，說

---

1 喜馬拉雅山中避暑勝地，屬孟加拉省，與西藏、不丹、尼泊爾鄰近。

2 印人對男子的尊稱，等於我國的「大人」或「先生」。

3 印度土邦之國王信印度教的稱羅闍，信回教的稱那華伯，意譯均為王或君長之意。

4 印度人對回教的公主的尊稱。

道：「拜依喜顏[5]。」

從她的儀態上，我看出她有天然的優雅和動人的魅力；不知怎麼，我覺得我能坐在她身旁這塊冰冷潮濕而又滿生青苔的硬石頭上，卻是一種意想不到的榮幸。這天早晨，當我穿上大衣步出旅邸時，不論怎樣也想不到竟會享此恩典，坐在巴德朗邦主可以解作「邦國之光」或「世界之光」的可蘭迦提汗的女兒身邊一塊濕漉漉的石頭上——而且是在加爾各答路的轉彎處！

我問她：「比孋莎喜白，是誰使你陷於這樣的情景呢？」

公主用手按著她的額角，說道：「我怎麼能說，是誰使我這樣的？——你能告訴我，是誰把這座大山放逐到雲霧後面來的嗎？」

那時我恰巧無意牽入哲學的探討，所以就順著她的話說道：「是的，公主。的確，誰能測量命運的神祕呢？我們不過是渺小的生物罷了。」

如果在平常時候，我一定要跟她辯論出一個究竟來；可是現在，我對於印度斯坦語一知半解，把我難住了。我從那些僕役們所學來的一點兒印度斯坦語，決不能讓我在大吉嶺路邊與巴德朗的公主或任何人透徹地把命運和自由意志等問題來討論[6]。

於是比孋莎喜白說道：「我生平的奇特的羅曼史剛於今天告一結束，假使你許可的話，我就把全部經過都告訴你。」

我馬上接住她的話說：「要我許可嗎？——能夠洗耳恭聽，已是特別的恩典了！」

凡是認得我的人都可以明白，我講起印度斯坦語來，我所能表達出來的意思，實在少得可憐，全部的意思，大都沒有表達出來。反之，當公主對我講話時，她的談吐，好像是吹在微微閃動的黃金稻田上的晨風。在她，流利的語調，優雅的吐屬，一點兒也不費勁。而在我，所有答語都很簡短，不相連貫。

下面就是她講述的故事：

「在我父親的血管裡，流動著德里皇族[7]的血液。因此，我就很難找到一位適當的丈夫。曾有人給我和勒克瑙的那華伯做媒，可是我的父親遲疑不決。就在這時，印度士兵對英國統治的大叛變爆發了。[8]印度斯坦被鮮血染紅，又被砲火所薰黑。」

---

5 請坐。

6 泰戈爾生長於加爾各答，所用方言為孟加拉語，與印度北部人所用印度斯坦語大不相同。正如我國上海人對於北方話，雖能聽懂，而要說得流利正確，則非易事。

7 德里皇族，指回教徒在德里建都的蒙古王朝。

8 指一八五七年的印度大暴動。

我平生從來不曾聽到過從一個女子的口中講出這樣完美的印度斯坦語來。我明白，那是一種尊貴的王侯們所使用的言語，不適合於現代商業的機械化時代。她的音調，含著一種魔力，能夠在這個英國式的山間驛站的中央，給我召來了白雲石的蒙古式宮殿的穹窿圓頂。那裡有披著華美鞍韉、拖著長尾的駿馬，有裝飾富麗、上設華蓋的寶座的大象，有戴著各色各樣燦爛頭巾的朝臣，他們壯麗的飾帶上佩著彎刀，繡金線的靴子有高翹的腳尖，飄飄然的絲綢長袍顯得瀟灑有緻。還有陪襯著這些的一切無限莊嚴堂皇的儀仗。

公主繼續講述她的故事道：

「我們的城堡在瓊那河畔，這時由一位印度教的婆羅門管理著。他的名字叫開顯夫拉爾——」

一說到開顯夫拉爾，這女人似乎把她喉嚨裡全部完美無瑕的音樂突然傾吐出來了。我的手杖掉在地上，我坐得筆挺，一動也不動。

「開顯夫拉爾，」她說下去，「是一個正統的印度教徒。每天大清早，從我閨房的格子窗裡，我可以望見他站在瓊那河中，水齊胸口，用水向太陽禮拜。他常穿著那水淋淋的衣裳坐在河埠的雲石階級上默誦他的聖詩，然後用他那清越而悅耳的聲音唱著宗教歌一路回家去。

「我是一個回教徒的女兒，但我從來不曾有機會研究我的宗教，也不曾奉行任何禮拜的儀式。那時我們的男子都已變得放蕩，失卻了宗教信仰；那些名為『哈倫』的閨房，也不過是尋歡作樂的地方，宗教也踏不進去了。可是，不知怎麼的，我天生渴望著精神的事情；當在黎明的晨曦中，從那導向一片蔚藍的瓊那河之恬靜中去的低低的白淨石階上，我親眼看見這虔誠的景象時，我那最近覺醒的心中，就會泛濫著那虔誠賜給我的一種說不出的甜蜜。

「我有一個信奉印度教的侍女，每天早晨，她總去給開顯夫拉爾除掉腳上的塵埃。看著這事使我有一種快感，有時在我心頭也引起輕微的妒意。遇上節日，這侍女便請那些婆羅門吃一餐，還送禮物給他們。我時常把錢接濟她。有一次我勸她請開顯夫拉爾也來赴她的宴會。不料她竟挺直了身子說，她的主公開顯夫拉爾決不接受任何人的飯食或禮物的。這樣，我就無論是直接或間接都不能表示一點對他的敬意了。我的心從此常在飢渴中。

「我有一位祖先曾用暴力把一個婆羅門的女兒搶到他的哈倫裡去，因此我時常想像她的血液還在我的血脈裡跳動。這會給我某種方面的滿意，而且讓我感覺到和開顯夫拉爾也有些親屬的關係。當我傾聽這個信奉印度教的女侍，根據印度教的史詩講述印度教男女神祇一切神奇的故事時，在我的心中，竟會構想出一個理想的世界來，那裡，印度教的文明佔著無比的優勢。那些神祇的形象，那些廟宇裡的鐘鼓聲，那些高聳的金光尖塔下的神座，那些敬神的鮮花和檀香的香氣，那些具有超人力量的仙人，那些婆羅門的聖潔，那些印度教中神祇下凡的傳說——一切事物充滿了我的想像，而且造成了一個廣大渺茫的幻想境界。我的心時常在這境界中飛來飛去，有如黃昏時的一隻小鳥，在一座寬敞的古老大廈裡，從這一間房到那一間房的穿飛著。

「於是，那大叛變爆發了。我們雖然身居這巴德朗的小小城堡中，也受到了震動。印度教徒和回教徒起來爭取印度斯坦寶座的那套老戲又上演了；那些宰食神牛的白種人非從印度人的土地上趕出去不可。

「我的父親可蘭迦提汗是一個小心謹慎的人。他儘管辱罵那些英國人，但他又說：『你認為不可能的事情，這些英國人往往能夠做到，印度斯坦的人民決不是他們的對手。我不能因追求一種妄想而喪失我這小小的城堡。我還不打算與巴哈杜的軍隊作戰[9]。』

「印度斯坦的每一個印度教徒和回教徒的熱血沸騰了，然而我的父親竟還這樣的謹慎，我們都覺得很可恥，就連閨房中的貴族婦女們也不能安靜下去了。於是掌握全體軍隊指揮權的開顯夫拉爾出來開口了：『那華伯殿下，如果你不站在我們這一邊來，那麼，在戰爭進行期間，我將監禁你，讓我來防守這城堡。』

「我父親回答說，這是不必著急的，他自己已準備加入叛兵的一邊了。當開顯夫拉爾問國庫要錢的時候，我父親給他一小筆款子，說以後需要時還會多給他的。

「我呢，把身上從頭到腳所有的裝飾品全部卸下來，暗中派我那信奉印度教的侍女送去給開顯夫拉爾。當他接受了這些首飾時，連我那卸去飾物的四肢仍在興奮。開顯夫拉爾開始準備，擦去那些舊式槍械和廢棄不用的刀劍上面的鐵鏽。突然間，在一天下午，英國的官員率領一隊紅衣白種兵開進了城堡。原來是我父親把開顯夫拉爾的計劃暗中報告了他。可是，這婆羅門的感化力卻非常偉大，當時他的小隊人馬還是用他們無用的槍和鏽鈍的劍前去應戰。我覺得我的心因羞慚而破碎了，雖然我的眼睛裡沒有淚水。

「穿上了我兄弟的服裝，我偷偷地走出我的閨房，戰爭的煙火，士兵的吶喊，槍砲的轟擊聲，都已停息了。可怖的平靜和死亡籠罩著整個世界。太陽染紅了瓊那河的碧水，帶著斑斑的血跡安息去了；在黃昏的天空裡，出現著一輪欲圓未圓的月亮。那天晚上，

9巴哈杜為尼泊爾的統治者，於一八五七年六月率領尼泊爾兵四千人鎮壓印度土著兵的叛變，有功於英國。

我走在路上好像是一個夢遊者。我唯一的目的是要找到開顯夫拉爾，其他一切都朦朧不清，無從意識了。

「直到子夜時分，我才從瓊那河附近的一叢芒果樹中找到了開顯夫拉爾，他躺在地上，他那忠心的僕人戴奧奇的屍體橫陳在他近旁。我推斷，若非受了致命傷的僕人揹著他的主人，便是受傷的主人揹了他的僕人來到這裡。我那時暗中久已滋長的愛慕之敬意，這時再也約束不住了。我俯身在開顯夫拉爾的腳邊，用我下垂的髮辮揩去他腳上的塵埃。將我的前額碰觸他冰冷的雙腳，我遏制著的眼淚，就沖決了出來。

「就在這時，開顯夫拉爾的身體動了一下，微弱地喊了一聲痛。他的眼睛閉著，可是我聽懂他無力地要水喝。我馬上跑到瓊那河裡，把我的衣裳浸在水中，再來把衣裳裡的水擠到他那兩爿半閉的嘴唇裡去。我又從身上撕下一條布，包紮他那受了刀傷的左眼和頭皮上一條很深的傷痕。我給他絞了幾次水，又把水灑在他臉上，於是他慢慢地甦醒過來。我問他要不要再喝些水。他雙目注視我，問我是誰。我不能再忍耐，馬上回答說：『我是你的奴婢，那華伯可蘭迦提汗的女兒。』

「當時我心裡希望開顯夫拉爾能在他垂危的頃刻間把我的最後的自白帶了去，沒有任何人得以剝奪我這最後的幸福。不料他一聽到我的名字，就大聲嚷道：『賣國賊的女兒！不信正神的人！——在我臨死的時候，你竟來玷汙了我的一生！[10]』這樣說著，他就向我右頰上猛擊一拳。我馬上暈過去，眼前一切都變成黑漆一團了。

「你要知道，這件事情發生時，我的年紀還只有十六歲，那是我生平第一次跨出我閨房的門。戶外天空中貪婪而灼熱的太陽，還沒有奪去我面頰上嬌嫩的櫻花色澤。可是正當我第一步踏進外面的空氣裡，從我那理想世界的神祇所得到的卻是這樣的一種禮敬！」

我傾聽著這苦行者的故事，好像迷失在夢中。我甚至沒有覺察到我香煙上的火已經熄滅了。我究竟是醉心於她言語的美，還是她喉間的音樂，還是那故事的本身——這不容易辨得清；只是我始終沉默，未發一言。但當她敘述到這裡時，我不能再緘默了。我破口而罵：「這畜生！」

那華伯的女兒說：「哪個是畜生？畜生會在牠渴得要死的時候，還拒絕把清水送到牠嘴邊的嗎？」

我馬上改正自己道：「哦，不錯！那是神聖的行為！」

10 印度教習俗，不能喝異教井中之水，婆羅門且不用同教其他階級所煮之飲食，若從回教徒手中喝水，就是在不知情時誤喝，或失去知覺時被灌入口，仍是不潔的玷汙。

可是那華伯的女兒辯駁道：「神聖的嗎？你是不是可以說，神也會拒絕一顆虔誠真摯的心之奉獻呢？」

經過這個波折之後，我覺得還是一聲不響為妙。於是那華伯的女兒再繼續講她的故事。

「這在最初，對我是一個極大的打擊，好像那破滅了的理想世界的殘骸都一股腦兒跌落在我的頭上了。當我頭腦清楚一些時，我遠遠地對這冷酷得像鐵石心腸、依舊泰然自若的婆羅門戰士行了一個頓首禮，心裡自語說：『好！你絕對不接受下等人的效勞，異教徒的食物，富翁的金錢，年輕人的青春，女子的愛情！你這樣的高傲，離群而獨立——超越了塵世的一切汙濁。而我，連把自己奉獻給你的權利都沒有！』

「我不知道當他看見我這那華伯的高傲的女兒用頭觸地對他行禮時，他心裡想些什麼，只是他臉上並沒有顯露驚異或別種的表情。他向我的臉凝視了一會，就慢慢地支撐著坐了起來。

「我馬上伸出兩手去幫助他，可是他默默地推開我，苦痛地掙扎到瓊那河的河埠上。一隻渡船正繫在那裡，船上既無旅客，也無船夫。開顯夫拉爾便跨上船，解開纜繩，盪向河心順流而下，終於消失了。

「我當時有一種強烈的衝動，要像一朵採來獻神投擲到瓊那河裡去的含苞鮮花般，把我所有的愛情和青春以及不被接受的敬意一齊奉獻給那載著開顯夫拉爾遠去的小船。但是我已不能這樣做，那冉冉上昇的月亮，那瓊那河對岸一排濃黑的樹影，那靜靜地展開在面前的湛藍的河水，那遠方芒果樹叢梢頭閃爍著的我們的堡壘——這一切都向我奏著無聲的死的音樂。可是那隻順流漂浮到遠方去的單弱的小舟，卻依舊牽住我走向人生的途程，在這靜寂的月夜，把我從美麗的死之懷抱中拖拉了出來。

「沿著瓊那河走去，我已像一個神志昏迷的人，一路穿過叢密的蘆葦和荒涼的沙地，有時搴裳涉過清淺的水灘，有時奮身攀登險峻的山崖，有時披荊穿過原始的林莽。」

講到這裡她停住了，我也不去攪動她的沉思。過了好一會，她才重新講述她的故事：

「此後的事跡已不清楚了。我不知道怎樣把許多情節一一敘述出來，把我的故事講得很具體明白。我如置身在一片曠野，不知道我的方向在哪兒，我很難回憶在那些人跡不到的地方我怎樣的流浪。我不知道怎樣來開始，怎樣來結束，插進些什麼，刪除些什麼，怎樣把整個故事講得清清楚楚，讓你聽了覺得沒有遺漏，也不嚕囌。只是我可以說，我受過了這許多年頭的苦，我已逐漸明白這世界沒有一件事是不可能的，或是絕對困難的。最初，前途重重的阻礙，似乎決非一個嬌養在那華伯深閨裡的少女所能克服的。其實不然，現在看來，那不過是些幻想而已。只要你一跑到外面的世界去，你總會找到一條路。這條路也許並不是給一位那華伯走的；但不管怎樣，它總是一條路，會引導人們走到他們各自的命運裡去——不管是一條崎嶇難行、險象迭生，而又迂迴曲折、盡走不完的路，一條夾雜著歡樂、憂愁和恥辱的路——總會有一條路的。

「在這條人人必走的人生之路上，我所身歷的許多漂泊故事，講出來是不會引人入勝的，並且即使講述，我也沒有精力能把它講完全。總之，我經歷了各式各樣的困苦、危險、侮辱——然而人生是並非絕對不能忍受的。好像一枚流星砲，我愈燃燒就愈往天空上衝。我只感覺到我要迅速前進，不會意識到燃燒的痛楚的。可是等到我那無限快樂和那無限悲慘的熱戀之火熄滅了，我便精疲力竭地跌落向地上的塵埃中。我的飛行已在今天終了，我的故事也就完結了。」

這樣她停止了。

可是我搖頭自語，這不能算是一個適當的結尾。因此我只好用生硬的印度斯坦語吉巴巴地對她說：

「請原諒我，如果我太無禮貌，公主，現在我鄭重地報告，你如果能把結局講得稍微再清楚一些，我心裡就十分舒暢了。」

那華伯的女兒微笑了一下。我發現我斷續的印度斯坦語自有它的功效。如果我的話說得純熟正確，那她即使不願多說，也會情不自禁地滔滔而言了。我說話的不達意，無異擋上了一道屏風。現在，她繼續說下去了：

「我雖時時聽到有關開顯夫拉爾的消息，但我總無緣和他會面。他加入了反抗政府的湯鐵篤庇隊伍，會像閃電般時而出現在東方，時而出現在西方，突然又不知去向的行蹤不明。我換上苦行者的打扮，到班納勒斯去，跟從那位我稱他為『老爹爹』的賽內達史瓦彌學習梵文經典。全印度不論哪裡發生的新聞，都會傳遞到他腳下來；我一邊十分虔敬地向他學習經文，一邊又急切地、慌張地傾聽著戰事的消息，不列顛的女皇[11]終於撲滅了印度斯坦各地叛變的餘燼。

「從此以後，我就再也聽不到關於開顯夫拉爾的消息了。天邊那道毀滅的紅光裡時隱時現的人影，突然沒落入黑暗中了。

「於是我離開我師父的庇護所，出去沿門挨戶地尋找開顯夫拉爾。我朝拜過這一聖地，再去朝拜那一聖地，但是無從找到他。有少數幾個認識他的人，都說他一定已經犧牲了，不是在戰場上，就是在追查的戒嚴令下。可是仍有一個微小的聲音在我心裡不住

11 指維多利亞。

地反覆著，似乎說這是絕對不確實的，開顯夫拉爾決不會死的。那個婆羅門——灼熱的火焰——決不會熄滅的。一個難於接近的孤獨的祭壇依然點著祭火，等候我把我生命和靈魂來作最後的奉獻。

「印度教的經典裡有著不少的先例，低等階級的人單憑苦行的力量可以變成婆羅門；可是一個回教徒究竟是否可能變成婆羅門，卻從來無人討論過。我知道我必須忍受長期的苦難，才能和開顯夫拉爾相結合。因為我要先修成婆羅門，才配得上他。這樣一耽擱就是三十年。

「我在心理上和生活習慣上都已成了一個婆羅門。我那一位婆羅門遠代祖母遺傳給我的一股婆羅門血液，在我的血管裡淨化，又活躍在我的四肢了。當這大功完成的時候，我在精神上可以毫不遲疑，將投身於我第一朵青春之花開放時所碰到的第一個婆羅門，也是在我的世界中的唯一婆羅門的腳下。同時，我感覺到環繞在我的頭部會有一個榮耀的光輪。

「在大叛變的戰爭中，開顯夫拉爾怎樣英勇的故事，我也時常聽到人們談論，可是這些事在我心上幾乎一點印象也沒有。我腦中留著一幅永遠鮮明的圖畫，那是開顯夫拉爾乘上擺渡船，順著瓊那河凝靜月光照亮的河水漂流下去的情景。不分晝夜，我都看見他向那沒有路徑的大神祕中航去，沒有伴侶，也沒有僕人——他是不需要任何人的婆羅門，他是完全自己主宰的婆羅門。

「最後，我終於打聽到開顯夫拉爾的消息了：他為避免懲處，已經越過邊界，逃到尼泊爾去了。於是我也追蹤而去。我在尼泊爾耽了很久，才知道他早已於好多年前離開了那裡，而且無人知道他又往什麼地方去了。此後我就在山中躑躅。這地帶的居民並非印度教徒，這裡許多不丹人和雷普遮人(Lepchas)都是異教徒。他們的飲食沒有什麼規律，他們有他們自己的神祇和禮拜的方式。我不得不提心弔膽地保持我宗教生活的淨潔，避免種種的玷汙。我知道我這小船快要到達它的港口，離我今生的最後目的地不怎麼遠了。

「於是——所有一切的結束都是短促的。只要呼地一聲吹一口氣，就可把燈吹熄。那麼，我又何必把我的結局拉成一個很長的故事呢？……就在今天早晨，分離了三十八年以後，我終於遇見了開顯夫拉爾。——」

她在這裡驟然停下，我哪裡忍耐得住，我問道：「你是怎樣找到他的呢？」

那華伯的女兒答道：「我看到年老的開顯夫拉爾在一個不丹人村莊的院子裡撿取麥子，他的不丹老婆就在他身旁，他的不丹孫兒孫女們圍繞在他的四周。」

故事就此完結了。

我覺得我應當說幾句話——只簡短的幾句——來安慰她。於是我說：「這個人為怕不能保全生命，不得已藏身在異教徒中，一連三十八年——那麼，他怎樣還能保持他宗教上的純潔呢？」

那華伯的女兒答道：

「難道我還不懂這一切嗎？可是，我在這許多年裡所懷抱的是一種怎樣的錯覺啊！——當我年輕時，這一個婆羅門偷去了我的心，他不是早已把我迷惑住了嗎？我怎會懷疑到他的迷惑別人乃是他的一種習慣呢？我以為這就是真理——永恆的真理。否則，當我還只有十六歲，生平第一次從我父親的家裡跑出來，把我的身和心以及青春獻給這婆羅門，竟會虔誠得戰慄起來，而這婆羅門反而報我以頰上的一拳時，我怎麼還會以為我的情人是為神服務才給我這難堪的侮辱呢？唉！婆羅門啊！你自己可以接受了另一種生活習慣來代替原有的習慣，可是我怎能有另一個生命和青春來代替我已喪失的生命和青春呢？」

她傾吐了這句悲悼的話，就站起來告別道：「南無司加，跋菩耆[12]！」繼而她又改變口音說：「撒朗，沙喜伯[13]！」

她用這回教徒的告別詞和那些拋在塵土中的對婆羅門的理想之殘骸永遠分手。我還沒來得及再說一句話，她已消失在喜馬拉雅山中灰色的濃霧裡了。

我閉上眼睛，就看見她故事中所有的情節又重新一一掠過我的腦海——那十六歲的少女，那華伯的女兒坐在她閨房裡的波斯地毯上，從格子窗口，看那婆羅門在瓊那河中向朝陽禮拜；那穿著苦行裝的悲哀女子，在某寺院的長明燈下做那晚禱的功課；那被幻滅壓倒了的傴僂老婦人，在大吉嶺的山路邊哀哭。兩種氣質不同的血液混合在一個女人的身體裡，產生了悲哀的音樂，用她無比的莊嚴的語調彈奏出來：這一切都深深地感動了我的心。

於是，我張開眼睛來。煙霧已消散了，山麓清晰地在晨光中閃爍。英國的太太們坐著人力車出來了，英國紳士們則騎在馬背上。每隔一兩分鐘，總有一個裹著頭巾的孟加拉小職員，用好奇的眼光從齊眉的頭巾縫下瞥視我一下。

（普賢譯）

12敬禮，先生！——印度教徒用語。

13回教徒用語。

骷髏

在緊靠著我們男生用作寢室的隔壁一間房裡，懸掛著一副人的骨骼。在夜裡，常會聽見陰風玩弄這骷髏的響聲。在白天，這些骨頭就被我們所玩弄。我們是康普倍爾醫科學校的學生在上骨學的功課。家長送我們到這裡來，決定將我們造就成各種科學的主人翁，知道我們的人，毋須告訴他們研究的成就；不知道我們的人，我們還不如隱藏些好。此後，又過了好多年，在這期間那副骨骼已不陳列在那房間裡，而骨學的一科，也丟在我們腦後，似乎已經忘個乾淨了。

有一天，我們的房間擠滿了客人，我便在這舊房間裡過夜。在這種不習慣的環境裡，一時無法入睡。我輾轉反側，清楚地聽到黑夜的時間在行進著，附近禮拜堂的鐘聲，一小時又一小時的敲響。最後，室隅一盞燈窒息而噗噗地響了幾分鐘之後，就完全熄滅了。最近家裡死了一兩個人，所以燈盞的斷氣，很自然地使我想到死亡。在這大千世界中，我想，這燈光的沒入無窮黑暗，和我們渺小人類的生命之光的熄滅，不論在白天或者晚間，都是同一現象。

我的思路喚起我想到那具骷髏。我想像著這骷髏生前的身體是什麼樣子的，忽然我好像覺得有什麼東西在摸索著室內的牆壁走路，繞著我的床轉圈子。我聽得見牠急促的呼吸，似乎在尋找什麼牠找不到的東西，腳步一步緊似一步，我十分鎮定，我想這不過是我失眠中的幻想激動了我的腦海，我兩鬢太陽穴的筋脈跳動著，這樣就真像有了急走的腳步聲。雖然如此，我卻全身寒戰了。為幫助我解除這種幻想，我高聲叫道：「誰在那兒？」腳步聲似乎停止在我的床邊，我聽見回答說：「是我！我來看望我的骷髏的。」

在我自己創造了的幻覺之前表現恐怖似乎是不合理的，於是我把我的枕頭握緊一些，裝成滿不在乎的樣子來對付說：「好一個深更半夜的美妙工作！可是現在這骷髏對你有什麼用處？」

回答好像就從我蚊帳本身發出。「奇怪的問題！這骷髏是縈繞我心的骨骼；我二十六年的青春之美，就在這上面開花。難道我不該想望再來探視一次嗎？」

「當然，」我說：「你有充分的理由。好！你去尋覓你的骷髏吧！但我還要想睡一覺呢！」

聲音又說：「可是我覺得你是很寂寞的。對！我要坐一會兒，我們可以談談天。往年，我常常坐在男人身邊談話。然而在最近三十五年間，我只有盤桓在焚屍的場所，在淒涼的風裡悲鳴。讓我再像往常一樣和一個男人談一次話吧。」

我覺得有人正坐在我的帳子旁。我聽任事態的發展，就盡可能扮演得很熱誠地回答：「好啊！這確實很好。請你告訴我一些愉快的故事吧！」

「好的，我想起來了，我生平故事就是頂有趣。讓我講給你聽吧！」

禮拜堂的鐘敲了兩點。

「當我在世的時候，時正年輕，有一件事是我很怕的，就像對死亡的懼怕一般，就是我怕我的丈夫。我的感覺好像我只是一條上了鉤的魚。因為我是被一個陌生人硬生生地用銳利的鈎鉤把我從安靜的童年家庭中拖了出來。我沒有辦法躲避他。結婚兩個月，我丈夫就死了。我的親戚朋友，都同情地為我哀悼。我丈夫的父親很仔細地觀察了我的面部後，對我的婆婆說：『你沒有看見嗎？她的一雙眼睛有一股凶相！』喂！你在不在聽？我希望你能欣賞這故事。」

「當然！我留心聽著。」我說：「這故事的開頭非常滑稽。」

「讓我繼續講下去。我真高興，我回到了娘家。人們都想隱瞞住我，但是我自己知道得很清楚，上帝賜給了我罕有的光煥美貌。你的意見怎樣？」

「大概很美。」我怨懟著：「可是你應該記住，我從來沒有看見過你啊！」

「什麼！沒有看見過我？你不是見到我那副骨骼了嗎？哈！哈！哈！不要緊，我只是在開玩笑。我怎能使你相信，那兩個深陷的洞穴，卻是一雙迷人的黑色明眸？你常見的那排露出的猙獰獠牙，怎能想像到一對紅寶石般的櫻唇所表現的嫵媚笑容？這只有嘗試灌輸給你一些觀念：在這些乾枯的陳舊骨頭上，就是那些所以充實青春的優美、魅力與柔和而穩定的玲瓏曲線等所生長而開花的地方。這嘗試使我微笑，也使我生氣。在我那個時候，最有名的醫生也不曾夢想到我身體的這副骨骼，會拿來當作教授骨學的材料。你可知道，我所認識的一個年輕醫生，還真把我比作一朵金色的香伯克花呢！那就是說，對於他，認為其他的人類，是只適合於作生理學上的說明的，而我，卻是一朵美麗的花，難道會有任何人想到一枝香伯克花的骷髏嗎？

「當我走路時，我覺得，就像一顆鑽石發散著光輝似的，我的每一腳步都形成美麗的波浪，閃耀在周遭，我常常消磨很多的時辰凝視我的纖手——能夠巧妙地駕御那些最放蕩男性的這雙纖手。

「但是，我那具堅硬而僵直的骷髏，卻被你用作偽證來反對我，而我竟不能辯駁這無恥的誹謗，這就是為什麼在所有的男人中我最恨你！我想我總會有一天用我溫暖紅潤的可愛形象來把你眼中的睡眠去掉，把你滿腦子的無用的骨學資料攆走。」

我說：「我敢當面發誓：假如你的身體仍然存在，我的腦海裡，就不會有骨學的痕跡留存著。而且如今充滿在裡面的唯一東西是一個完美的光煥的景象，閃耀在夜的黑色背景上。我的話，就是這兩句。」

「我沒有女伴。」聲音繼續說道：「我唯一的哥哥是決心不娶的。在閨房裡，我是個孤獨者。我常常獨自一人坐在花園裡的樹蔭下，夢想著整個世界都同我發生了愛情；夢想著那些整夜凝視的群星，正在啜飲我的美麗；夢想著風藉故從我身邊擦過時便為我輕微地喟歎；夢想著安放我雙腳的綠茵是有知覺的，而在它們碰觸我時暈倒，又復失去了知覺。而且在我看來，世上所有的年輕男子都好像是我腳下綠茵的草葉；而我的心，不知為了什麼，總是越來越悲傷。

「我哥哥的朋友顯卡由醫學院畢業後，就成了我們的家庭醫生。我常常在簾內看見他。我哥哥是個奇怪的人，不肯睜開眼睛留心觀察這世界。照他的口味，世界還不夠空虛；因此他逐漸離開世界，以致他完全落漠地遺失在一個冷僻的角落裡。顯卡是他的一個朋友，所以他就是我能看到的唯一年輕男子了。於是，當我在花園裡做我晚課時，我所想像在我腳下的那一大群年輕男子，每一個都是顯卡了。——喂，你聽著嗎？你在想些什麼啊？」

我歎著氣回答道：「我正希望我是顯卡啊！」

「等一等，先聽完整個的故事。在一個下雨天，我忽然發燒了，醫生來看我，那是我們第一次見面。我正面對著窗子斜倚著，這樣可以讓晚霞的紅光調和一下我臉上的蒼白。當醫生進來看我臉的時候，我就取代了他的地位在想像中凝視自己。我看到在光煥的黃昏彩霞裡，我那美妙的蒼白的臉，像一朵憔悴的花躺在柔軟而潔白的枕上，蓬鬆的髮鬈在額頭飄散著，羞怯地低陷的眼瞼投擲了一個哀憐的陰影在面容上。

「醫生羞怯地低聲問我的哥哥：『我可以摸她的脈搏嗎？』

「我從被子下面伸出一隻柔弱圓潤的手腕。我看著我自己的手腕心裡想：『唉，我從前也只有過一只翡翠手鐲[1]。』這時，我發覺我從來不曾看見過醫生這樣笨拙地摸病人的脈搏。他的手指摸在我的手腕上索索地發抖。他測量我的熱度，我卻估計他內心的脈搏——你相信我的話嗎？」

「很相信。」我說：「人的心跳很容易被人知道他的心理狀態。」

「在我經過了幾度害病又康復之後，我發覺那些參加我想像中黃昏引見的求愛者的人數開始減少，一直少到只有一個！而且，最後我小小的天地中只剩了一個醫生和一個

1 印度習俗，寡婦應穿白衣，不准化粧及戴飾物，眉心不再畫吉祥紅點。

病人。

「在這許多黃昏裡，我常常祕密地穿上淡黃色的紗麗；把我的頭髮編結成辮子盤作一個髻，再用芬芳的白色素馨花在我髮髻上做成一個花冠，於是手裡拿了一面小鏡子走到樹底下我常坐的那兒去。

「噢！你也許以為一個人在鏡子裡看著自己的美貌，很快就會厭煩的嗎？唉，不！因為我並不用我自己的眼睛來看我自己。我是一個人，也是兩個。我常常把我自己作為那醫生來看我自己。我凝視，我被迷住，我覺得瘋狂地陷入了情網。但是，不管我怎樣把一切的寵愛濫施在我自己身上，總有一個悲歎躑躅在我心頭，呻吟著像黃昏的微風。

「無論如何，從那時起我就不再孤獨了。當我走路時，我就用我俯視的眼睛欣賞著我優美玲瓏的腳趾在地上的遊戲，想著那醫生在這裡看到會有什麼感覺。中午，晴空照耀著太陽光輝，一片靜寂，除了時而傳來遠處過路鳶鳥的鳴叫，就沒有任何聲音了。在我們花園的圍牆外，小販喊著他悅耳的叫賣聲：『賣手鐲啊，水晶手鐲。』那時我就在草地上鋪開一塊雪白的毯子，枕著我的手臂躺在上面，裝作不經意地把我另一隻手臂輕輕地斜放在柔軟的毯子上。我便自己想像有什麼人會看到了我這手的令人驚奇的美妙姿態，想像有人會用他的雙手捧住它，而且在它紅潤的掌心印上一個吻，之後，又慢慢地走開——假使我把這故事就在這裡結束可以嗎？你覺得怎樣？」

「還不算怎麼壞的結局，」我考慮著回答，「但無疑的，還有點不完全，假使你講完這故事，我也容易消遣這殘夜了。」

「可是再講下去，這故事便變得太嚴重了。唉！哪兒來的歡笑呢？什麼時候變成這露齒的骷髏呢？

「讓我講下去吧，醫生有了一些小生意，便將我們屋子的樓下一間房作為他的診所。有時候我常跟他開玩笑，問他藥品和毒藥的名稱，要多少這種或那種的麻醉品才能殺死一個人。話題總是同一性質，而他就成為有說有笑的了。這些談話使我熟悉了死亡的觀念；而這樣一來，在我小小的天地裡，只充滿著愛情和死亡兩件事了。現在我的故事已接近尾聲——剩下沒有多少了。」

「夜也剩下沒有多少了。」我喃喃而語。

「過了一段時間，我注意到醫生漸漸奇怪地心不在焉，似乎是他有一件不想讓我知道的事情感到羞恥似的。一天，他穿著得考究了一些，進來把我哥哥的馬車借去，預備在晚上應用。

「我的好奇心異常強烈，就跑去向我哥哥打聽消息。我先和他談了一些題外話，終於問他道：『達達[2]！我說，醫生今晚坐著你的馬車到哪兒去啊？』

「我的哥哥簡短地答道：『人家去死。』

「『噢，告訴我，』我強求道：『他實在是到哪兒去啊？』

「『去結婚。』他說得比較明顯了點兒。

「『噢，真的嗎？』我說，我大聲地發出一長串的狂笑。

「我漸漸獲悉新娘是個女繼承人，她將帶給那醫生一大筆金錢。但是他為什麼要對我隱瞞這些事情呢？簡直是侮辱我！難道我曾經因為怕使我心碎而乞求過他不結婚的嗎？男子們是不可信賴的。在我一生裡，我只認識一個男人，可是一會兒就讓我有了這種發現，唉！

「當醫生在他工作完畢後進來準備啟程時，我就帶著一陣抑揚的大笑對他說：『喂！醫生，今晚你是要去結婚嗎？』

「我的愉快不僅使醫生羞愧，而且充分地激怒了他。

「我繼續說：『怎麼搞的，沒有燈彩，也沒有樂隊的嗎？』

「他歎口氣答道：『難道結婚一定是快樂的場面嗎？』

「我不禁又重新爆出笑聲來。『不！不！』我說：『從來無人這麼做的。誰曾聽說過沒有燈彩、沒有音樂的婚禮呢？』

「我極力纏住我的哥哥，使他立刻吩咐了一個熱鬧婚禮的一切排場。

「整個的時間我一直高興地談論著；談論著新娘，談論著將會發生什麼事，談論著新娘進門時我要做什麼。『呃，醫生，』我問道：『是不是你仍然繼續摸脈搏呢？』哈！哈！哈！雖然人們內在的活動，特別是男人的易變的心，我們是看不見的，但我仍敢發誓，我的一片話，像投擲的標槍，給他致命的一擊，戳穿了醫生的心。

「婚禮在夜裡舉行得遲了些。在婚禮舉行之前，醫生和我哥哥按照他們每天的習慣，在平臺上先對乾了一杯。月亮剛剛升起。

「我跑去笑著說：『你忘記你的婚禮了嗎？醫生，是開始的時候了。』

「這兒我必須告訴你一件小事。就在這時，我已經到下面藥房那兒去拿了點藥粉來，在一個方便的機會裡，我暗中把它放進醫生的杯子裡。

「醫生已一口氣乾了杯，發著濃厚感情的聲音，而且帶著一種刺穿我內心的眼神，說：『那麼，我必得走了。』

「音樂響起來了。我到屋裡穿上我那繡金綢子的新娘禮服，從保險箱裡把我的珠寶

2 哥哥。

首飾拿出來統統戴上。在我頭髮的分梳處，點上妻子身分的吉祥記號。然後在花園裡樹底下我布置了我安息的床。

「那是一個美麗的夜。和暢的南風吻去了塵世的煩惱，素馨花和蓓拉花的香氣，愉快地充溢在花園裡。

「這時，悠揚的音樂漸漸遠去，月亮的光輝也暗淡了。這人間，連同我一生家庭親戚的關係，都從我的知覺裡消退開去，一切的一切，彷彿是一場幻夢——我闔上雙眼，並且微微含笑。

「我想像著，當人們來發現我時，他們會看到停留在我唇上的笑容，像是玫瑰酒的痕跡。而且，當我如此慢慢地進入我那永恆的洞房時，我會把這笑容帶去，來光耀我的面孔。可是，哎喲！我那新娘的洞房啊！哎喲！我那繡金綢子的新娘禮服啊！當我聽到我內部的戛戛聲而醒來時，我發現三個少年正在把玩我的骷髏研究著骨學。這是我內心的喜悅和憂傷所躍動的地方，是我青春之花一瓣一瓣地開放的處所，現在卻只有教師用教鞭指著我的骨骼忙於分別骨頭的名稱。至於我的最後微笑，我曾細心敘述的那最後的微笑，你可曾看見一點影蹤？

「好，好，現在我問你，你是否喜歡這故事？」

「我很滿意。」我說。

這時，第一隻烏鴉開始狂叫。「你在哪兒？」我查問。然而並沒有回答。晨曦卻進入了室內。

（文開譯）

餓石

我和我的親戚於佈伽節去旅行回到加爾各答時，在火車上遇到一個人。從他的衣著和舉止上，起先我們以為他是個內地的回教徒，可是我們聽了他的談話，卻就有些迷惑了。他大言不慚地談論各種題目，以致使你會覺得處置萬物的神，在做任何事時，都要同他商量似的。我們直到此時為止，還是很快樂的，因為我們不知道：那祕密而空前的軍隊正在活動；俄國人已經迫近我們；英國人有深遠而祕密的政策；本地首長們之間的混亂已到非常危急的地步。但是我們新認識的朋友帶著一種狡猾的笑容說：「哈拉肖[1]，在天國和地中發生的事情比你們報紙上所登載的還要多呢。」由於我們以前從沒離家出門過，這個人的態度就不免有些使我們吃驚。話題總是那麼一套老調，他引證科學，或註解《吠陀經》，或背誦幾行波斯詩；因為我們沒有對科學或《吠陀經》或波斯詩等知識的自負，所以我們對他的敬佩不斷增加，而我的親戚，一個神學家，堅信我們的同車者一定是被一種奇怪的「催眠術」或「玄妙的力量」，或是一種「幽靈」或這一類的東西給莫名其妙地迷住了。他帶著一種專心一志的狂喜傾聽我們這個不平常的旅伴口中所發出的那套老調，並且暗中把他的談話筆記下來。我猜想這個特別的人看到這點了，而且還有點高興呢。

當火車到達一個換車站時，我們就聚集在候車室裡等候換車。那時是晚上十點鐘，因為我們聽說鐵路出了點什麼毛病，火車多半要很晚才到。當那個怪人從容不迫地從事以下的長談時，我就在桌子上攤開我的鋪蓋，打算躺下舒舒服服地小睡一會兒，當然那夜我是不能睡得著的。

我因為對幾個管理政策問題不能同意，就辭掉了若那格的職位，進到海德拉巴的邦主尼山那裡服務，他們把我當做強壯的年輕人，立刻派我在巴里基做一個棉花採集者。

巴里基是個可愛的地方。蘇斯達河「汩汩地流過石子路，並且在沙礫上發著潺潺的聲音」，像一個熟練的舞蹈女郎，輕輕地跳躍著，穿過孤寂山嶺下面的森林。從河裡伸出一個一百五十級的階梯。在階梯的頂端，河水的邊緣，山腳下面的地方，矗立著一座孤獨的大理石宮殿。它周圍沒有人類的住宅——巴里基的村莊和棉花市場是離得很遠的。

大約二百五十年前默罕莫德沙王第二為了他的享受和奢華而造了這座宮殿。在他那

1 莎氏樂府《哈姆雷特》中所載的哈姆雷特之妥慎鎮靜之友人。

個時候，有玫瑰香水從泉裡噴出來，又有年輕的波斯少女坐在發散著冷霧的屋子裡的涼爽大理石地板上，她們在沐浴前披散著頭髮，並且在蓄水池的清水中激濺著她們柔潤的赤腳，合著吉他的調子唱她們葡萄園中的戀歌。

噴泉不再噴射香水了；歌聲也停止了；雪白的大理石上也不再有雪白的腳踱著她們優美的步子了。它只成了那些和我們差不多的收稅員等的荒涼寓所，住在裡面的男子們為寂寥和被剝奪了女人的社會所困惱。現在，我機關的老書記卡利姆汗再三警告我不要定居在那兒。他說：「要是你喜歡，就在那兒過白天，可是永遠不要晚上留在那兒。」我只是付之一笑。僕人們說他們將工作到天黑，晚上就要走開的。我一口應允。這座房子有一個如此的壞名聲，甚至連小偷在天黑後都不敢來光顧。

起先這座被捨棄的宮殿的荒涼像夢魘般壓迫著我。我就滯留在外面，努力工作，盡可能拖延時間。夜晚回來已精疲力盡，倒在床上就睡著了。

一個星期還沒過完，這地方就開始對我施一種怪異的魔力了。要把它描寫出來或使人相信是困難的；但是我覺得，好像整座房子正如同一個活的機構，利用一種麻醉性的胃液般的作用，慢慢地令人無從覺察地消化著我。

也許這種進行在我踏入這座房子時就已開始了，可是我清楚地記得我第一次覺察到它的那一天。

是夏季開始的時候，市場不景氣，我無工作可做，在日落之前的片刻，我正坐在階梯下面近河邊的一把圈椅上。蘇斯達河的水已乾涸得很低；在對岸寬闊的沙路上，發散著傍晚的光彩；在這邊，小石子在清澈見底的淺水裡閃爍發光。到處沒有一絲的風，靜止的空氣中，充溢著從附近山上產香料的灌木叢中發出的窒人香氣。

太陽落山了，一個長長的黑幕就降落在白晝的舞臺上，其中的山巒把時間截斷，在那裡面，光線和陰影在落日時合而為一。我想出去騎一會兒馬，正當我要起來的時候，聽到後面階梯上有腳步聲，我回頭看看，卻沒有一個人。

當我想著那是一種錯覺而又重新坐下時，就聽到很多的腳步聲，好像是大批的人群正衝下階梯來似的。一種奇怪的喜悅的顫慄，又帶有幾分害怕的成分，透過我的全身，而且雖然在我眼前沒有一個人影，我卻以為我看到一小隊快樂的少女正從階梯上下來，在夏天的黃昏中到蘇斯達河裡去洗澡呢。在谿谷裡、河水裡，或宮殿裡，沒有一點聲音來打破這沉寂，可是我卻清清楚楚地聽到少女們歡樂而愉快的笑聲，好像在成百的小瀑布中泉水湧流的閃閃聲。當她們迅捷地逗弄著、互相追逐著經過我身邊跑向河水時，她們完全沒有注意到我。就像她們之於我是看不見的一樣，我對她們也是看不見的。河水十分平靜，可是我卻覺得它那沉默、低濺而清澈的水突然間被許多個玎璫釧鐲的激濺所攪動，女孩們嘻嘻哈哈地互相濺潑著水，這些美麗的游泳者的雙腳把一些小小波浪攪動成真珠的陣雨。

我感到心中一陣戰慄——我不能道出這種激奮是由於害怕還是歡喜，抑或由於好奇。我有一種想把她們看得更清楚的強烈欲望，但是在我面前所能看到的卻是一無所有。我想只要我能用盡我的耳力，我就能懂得她們所說的一切；可是無論我如何地用力去聽，除了只能聽到林中的蟬鳴之外，什麼也聽不到了。好像是一張二百五十年的黑幕掛在我面前，雖然那另一邊的集會是完全包圍在黑暗裡，可是我還想戰戰兢兢地去揭開一角往裡窺視一下。

黃昏時氣悶的鬱熱被一陣突如其來的狂風所衝破，蘇斯達河平靜的表面盪起漣漪，波紋瀲灩像山林女神的秀髮，而且從黃昏的幽暗所包圍的森林裡發出一陣低語聲，好像她們正從惡夢中醒來似的。稱它為一種實體或夢幻，這種從遙遠的世界反射出來有二百五十年之久的不可見的海市蜃樓的短暫瞥見，瞬息消失了。這些神祕的幽靈，帶著沒有軀體的快速腳步，和沒有聲音的大笑，從我身邊掠過，投入河中，回來時並沒有把她們滴滴答答的濕衣服絞乾得像去時那樣。像芳香之被風盪盡，她們被春天的一陣微風就吹散了。

於是我充滿了極度的恐懼，那是繆斯女神想趁著我的孤獨而要佔有我——這女妖顯然是要毀滅一個像我這樣採棉度日的可憐人。我決定去吃一頓豐盛的飯食——那是為空肚子的各種不可治的病症找個最容易的餌食。我喚來我的廚子，吩咐他預備一頓豐富而闊綽的蒙古飯，加上調味品和香奶油。

次晨整個事情呈現一種奇妙的幻象。我懷著一顆輕鬆的心情戴上像撒哈巴的蘇拉帽子，趕著馬車出去工作。這天我必須寫我每季的報告，想晚些回來，但是在天黑之前我就被奇怪地拖回來了——被什麼拖回來的，我說不出——我覺得他們都在等我，而我就不能再多逗留了。留下我沒有完成的報告，站起來戴上我的蘇拉帽，那令人懼怕的黑暗、陰翳而荒涼的小徑，伴著我馬車的軋軋聲，我到達了那座矗立在幽暗山邊的龐大而靜寂的宮殿。

第一層樓的樓梯通到一間很廣闊的大廳，大廳的屋頂伸展到三排厚重圓柱頂著的裝飾拱門上，那三排圓柱在它自己極度孤獨的重負下日夜呻吟著。白晝剛剛過完，燈盞還沒點亮。當我推開門時，跟著裡面好像一陣很大的騷亂，像是一大群人在混亂中解散，衝出門、窗、走廊、房屋而急速奔逃似的。

及至我沒看到一個人時，我就站在那兒給迷惑了，頭髮直豎成一種恍惚的歡喜，而且一種淡淡的阿塔和頭油的香味幾乎被我鼻孔裡多年的疾病所抹殺掉了。站在幾排古代圓柱中間那廣闊荒涼大廳的黑暗裡，我能聽到泉水噴射在大理石地板上的潺潺聲，吉他的一種奇怪調子，首飾的鏗鏘聲和手鐲的玎璫聲，報時的鐘聲，遠方納哈巴的調子，燈架上水晶垂飾物被微風搖動著的鳴響，走廊裡夜鶯從籠中發出的歌唱聲，花園裡鸛鳥的咯咯聲，都在我周圍產生出一種人世所無的音樂來。

於是我就陷入一種魅惑裡，就是這種無從捉摸的、不可接近的、人間所無的現象出現於世界僅有的實體——一切只不過是一個夢幻而已。我，那是說，已故某某的長子某某斯里珠德，盡我一個棉花收集者的責任，應該取得月薪四百五十盧比，每天穿著短外衣，戴著蘇拉帽，駕著二輪馬車到辦公室去，當我站在幽暗的靜寂大廈裡，對我現出了一種如此令人驚訝而好笑的幻象，以致使我突然痴笑起來了。

這時我的僕人手裡拿著點亮的煤油燈進來。我不知道是否他以為我瘋了，但是我馬上又想到我自己，我的的確確是某某斯里珠德，那已故某某的兒子。而且，當我們的大小詩人們，僅能說是否在大地的內外有一地帶，那兒有看不見的泉水永久不斷地噴發著，還有用看不見的手指揮奏著的仙琴，發出永恆的諧音。而這個，無論如何是一定的，就是我在巴里基棉花市場收集棉花的職務，每月賺四百五十盧比的薪水。我坐在活動桌旁煤油燈下看報紙，我對我那奇妙的幻象高興得大笑起來了。

我看完了報紙，吃過蒙古飯後，就熄了燈，躺在我那間廂房的床上。一顆發亮的星星，高高地在被森林的幽暗所包圍的阿維里山上，從千萬里外的天空，透過我敞開的窗子，凝神注視著躺在粗陋臥榻上的採集先生。我奇怪而且覺得這種思想好笑，我不知道什麼時候睡著的，也不知睡了多久；可是我忽然驚醒了，雖然我沒聽到任何聲音，也沒看到任何闖進來的人——只是山頂上那顆一直發亮的星星落下去了，蛾眉月的朦朧光輝悄悄地從敞開的窗子射進來，好像在為它的闖入難為情似的。

我看不見一個人，但是覺得好像有什麼人在輕輕地推我。及至我醒了，她不發一言，只是用她戴著戒指的五個手指招呼我戒慎地跟著她。我悄悄地起來，而且，雖然在這座被捨棄的有著沉睡的鼾聲和起著迴響的宮殿的無數房間裡，除我自己外，沒有一個人，可是我卻擔心著每一腳步，唯恐驚醒什麼人。這宮殿的大部房間總是關著的，我從來沒進去過。

我摒住呼吸，躡手躡腳地跟著我那不可見的嚮導——我此刻說不出是在哪兒。我穿過一些多麼無盡黑暗的狹窄過道，多麼長的走廊，多麼靜肅的聽眾會堂和一些關閉著祕密的小屋子啊！

雖然我看不到我的美麗的嚮導，可是她的形狀在我的心目中卻並不是不可見的——一個阿拉伯女郎，一雙像大理石般堅硬而平滑的手臂從寬鬆的袖管裡顯露出來，一個薄薄的面紗從她帽子的邊緣掛到臉上，腰間一把彎曲的短劍！我想是《天方夜譚》中的一夜從那虛構的世界浮現到我眼前來，並且是在深夜裡，我正穿過沉睡中的巴格達的黑暗而狹窄的街巷到一個充滿危險的密會所去。

最後我的美麗的嚮導突然在一個深藍色的帳幔前停住了，似乎要在那下面指示點什麼東西。那兒什麼也沒有，可是突然間我內心一陣可怕的寒顫——我以為我看到在那帳幔下面的地板上有一個穿著鮮豔綢緞衣服的可怕的黑奴太監，膝上放著一把亮晃晃的劍，伸著兩條腿坐在那兒打瞌睡。我的美麗嚮導輕輕地跳過他的兩腿，拉起帳幔的一邊來。我瞥見屋子的一部分鋪著波斯地毯——有人坐在裡面的床上——我看不到她，只瞥見她一雙優美的腳，穿著金線繡的拖鞋，從那番紅色的寬鬆的睡衣裡垂下來，悠閒地放在橘黃色的天鵝絨地毯上。在一邊有一個淺藍色的水晶盤子，上面放著幾個蘋果、梨兒、橘子和幾串果實纍纍的葡萄，還有兩個小酒杯，一把金色酒壺，顯然是在等待客人。一陣芬芳醉人的煙霧，從裡面燃燒著的一種奇怪梵香中發出，幾乎窒息了我的知覺。

我懷著一顆顫抖的心，嘗試去跨過那太監伸出的兩腿，他突然驚醒，那把劍就從他膝頭落到大理石地板上，發出一陣尖銳的鏗鏘聲。

一聲悽慘的尖叫使我跳起來，我發現我正坐在行軍床上很厲害地出著汗；一彎蛾眉月在晨光中看起來暗淡得像黎明時疲倦未眠的病人；我們那瘋狂的麥赫阿里正在按照他每天的慣例沿著孤寂的大路喊叫著：「退去！退去！」

如此就是我「天方夜譚」之一夜的突然結束，可是還剩下一千夜呢！

於是接著在我的若干白晝和夜晚之間就有了一種很大的不協調。白天裡我就去工作得精疲力盡，詛咒著惑人的夜晚和她那空虛的夢幻；但當夜晚來到時，我那每天帶著工作的桎梏和枷鎖的生活，就現出一種渺小、虛偽而滑稽的空虛了。

日暮之後，我就被捕捉而沉沒到一種奇怪的迷醉陷阱裡。那時我就被改變成一個過去世紀的不可知的人物，在未被記錄的歷史裡扮演我的腳色；而且我的英國外衣和緊緊的褲子對我也稍微有點不合適了。我頭上戴著紅天鵝絨的帽子，身上穿著寬鬆的睡衣、繡花馬甲和一件飄垂的緞子長袍，手裡拿著灑了香水的五彩手帕，我要完成我這精巧的化粧，坐在一把有厚墊的椅子上，我用充滿了玫瑰香水的多捲兒的馬加勒代替了雪茄，好像是在熱切地期待著與愛人的奇異會見似的。

我沒有能力描寫出這不可思議的意外事件，這種事件像夜晚的幽暗漸變深沉似地擴展開來。我覺得好像在這座大廈的奇妙房間裡，那美麗故事的片段，在突如其來的一陣微風裡飛走了。因而對於這故事，我可以從遠方追蹤它，然而卻看不到它的結尾。而且同樣我要整夜地一間間屋子漫遊著去追尋它們。

在這些夢幻片段的漩渦裡，在指甲花的香味和吉他的弦聲裡，在裝置著芳香噴霧器的空氣浪花裡，我要像閃電般抓住對那美麗少女的瞬息一瞥。她，那就是她，穿著番紅色的睡衣，白裡泛紅的柔潤雙腳，穿著金線繡的拖鞋露出彎彎的腳趾，一件金線加工的緊身胸衣，一頂紅帽子，上面有金色的皺邊垂懸到她雪白的前額和雙頰上。

她已令我發狂，我一間間的屋子漫遊，在睡眠中的下界迷人夢境中，我在惑人的錯綜街巷裡，穿來穿去追尋她。

有時在傍晚，當我把自己盛裝成一個有著皇族血統的王子，站在一面每邊點著一支蠟燭的大鏡之前時，我就看到在我自己的映象旁邊有個波斯美人的突然映象。她頸項的一個迅速轉動，她那烏黑的大眼睛裡一種極度熱情和痛苦之光的敏捷的熱切瞥視，正是她優美的嘴唇上帶出那種想說話的意思，她的體態，亭亭玉立，頭上冠以青春，像盛開的藤蔓，迅速地抬著她那美妙傾側的步法，一個痛苦、懇求和狂喜的眩耀閃光，一個微笑，一個流盼，和一種珍珠與綢緞的光亮，她就鎔化掉了。一陣充滿了山林芳香的狂風，吹熄了我的燈盞，我就把衣服扔在一邊而躺到床上去，我的眼睛閉著，我的身體因歡喜而顫抖，我被包圍在微風中，在山林的所有芳香裡，透過靜寂的幽暗，漂來許多個擁抱、許多個接吻和許多次雙手的輕柔撫摸，還有在我耳邊的溫柔低語和在我額上的芳香呼吸，或者是灑著芬芳香水的手帕在我雙頰上屢屢飄拂。於是慢慢地一條神祕的大蛇把她纏得昏昏沉沉地來盤繞著我；歎了一口沉重的氣，我就漸漸失去知覺，而後進入深沉的睡眠中了。

一天黃昏，我決定騎馬出去——我不知道誰哀求我留下——但是那天我並不聽任何的懇求。我的英國帽子和外衣正停放在一塊巖石上，當我正要去把它們拿下來時，一陣突如其來的、夾雜著蘇斯達河的沙土和阿維里山上的枯葉的旋風，把它們抓起。繞來繞去地旋轉著，一陣快樂的哄笑聲越來越高，敲擊著所有愉快的弦索，直到日落之後才消滅。

我不能出去騎馬了，第二天我就永遠放棄了我那古怪的英國外衣和帽子。

那一天又是在夜深時，我聽到有個人的被窒息著的痛心的啜泣聲——好像就在床底下，在地板下面，在這龐大宮殿的石基裡，從一座黑暗而潮濕的墳墓的深處，發出一種哀憐的聲音懇求我：「噢！救救我吧！打穿這些堅固的幻想的門戶，死一般的睡眠和無結果的夢幻，把我放在你身邊的馬鞍上，把我緊抱在你的胸前，騎著馬穿過山林，越過河流，把我帶到上面你那有陽光的房間的溫暖光輝處吧！」

噢，我是誰？我怎能救助你？我會把什麼淹溺的美人、什麼化身的戀情從狂野的夢幻漩渦裡拽到岸邊來呢？噢，可愛的空虛妖怪！你在哪兒繁育？又在什麼時候繁育？你在一種什麼清涼泉水邊，在一種什麼樣的棗樹林蔭下降生的？——你是呆在沙漠中的一個什麼樣的無家浪子！是什麼住在沙漠中的阿拉伯人把你從你母親懷裡搶走了？一個正開放著的花蕾被從野藤上採摘下來，迅如閃電般把你放在馬上，越過焦灼的沙地，把你帶到一種什麼皇城的奴隸市場上去？而且在那兒，巴達沙的什麼官員，看到你嬌媚的豆蔻年華的光輝，就用黃金把你購買去放在金轎裡，當作他主人宮殿裡的一件禮品去獻納？噢，還有，那地方的歷史！提琴的音樂，手鐲的玎瑠，短劍的偶爾閃爍和波斯石拉茲毒酒的亮光，刺人的閃電般的瞥視！多麼無限的堂皇，多麼沒有終結的勞役！女奴在你左右揮動著犁牛尾，像從她們腳鐲上發出鑽石的閃爍；巴達沙，那王中之王，跪在你穿著鑲有珠寶的鞋子的白嫩雙腳之下，那面貌像花神的信差，但穿著得卻像個天使的阿比西尼亞太監，在外面戰戰兢兢地，手裡握著把亮晃晃的劍站在那兒！然後，噢，你這沙漠之花，就被血汙的閃耀著的莊嚴之海洋捲去了，泛著它那嫉妒的泡沫，它那欺詐的暗礁和沙洲，你把它們拋到什麼樣的殘酷死亡的岸邊，或拋到一塊什麼更光輝、更殘酷的土地上？

突然，正在此刻，瘋狂的麥赫阿里尖聲喊道：「退去！退去！一切都是假的！一切都是假的！」我睜開眼看看天已亮了。我的侍者來遞給我幾封信，廚子在行著額手禮等候我的吩咐。

我說：「不，我在此不多待了。」就在這一天，我收拾了行李搬到辦公室去。當老卡利姆汗看到我時笑了笑。我有點惱怒，但並沒說什麼就去做我的工作了。

當黃昏來到，我漸漸心不在焉。我覺得好像我有一個職位要守住，調查棉花帳目的工作似乎毫無用處了；即使是海德拉巴邦主尼山的王位也不會顯得那麼有價值。任何屬於現在的，任何為麵包的活動、行為和工作都像是微不足道，毫無意義而且是令人輕視的了。

我放下鋼筆，合上帳簿，坐上我的二輪馬車就驅馳而去。我注意到它把它自己停住在暮色蒼茫中的大理石宮殿門口。我快步爬上樓梯，進到房裡去。

一種陰沉沉的靜寂統治著內部，黑暗的房間看起來悻悻然的樣子好像它們被觸怒了似的。我心裡充滿了懺悔，但是沒有一個我可以向他傾訴的人，也沒有一個可以求他原諒的人。我帶著一個空洞的頭腦漫遊那些黑暗的房間。我希望我有一個吉他可以合著它的調子唱給那不知的人聽：「噢，火呀，可憐的蛾白費力地飛開而又回到你這兒來了！只原諒牠這一次，把牠的翅膀燒掉，在你的火焰中把牠化為灰燼吧！」

忽然兩滴眼淚從頭頂落到我的前額。這天，團團的黑雲覆蓋在阿維里山頂上。幽暗的森林和煤黑的蘇斯達河水在一種可怕的休止和惡兆的平靜中等待著。突然間陸地、河水和天空發起抖來，一陣狂野的暴風急遽地怒吼著穿過遠方無路的森林，露出它那閃亮的牙齒，像是個狂鬧的瘋子掙開了他的鐵鍊一般，宮殿的荒涼廳堂的門戶砰砰地響動著，並且在煩悶的痛苦中歎息著。

僕人們都在辦公室裡，這兒沒有人去點亮燈盞。夜晚是陰暗無月的，在內部濃重的幽暗中，我能清晰地覺得一個女人枕著她的臉躺在床底下的地毯上——在用她那狂暴的手指纏繞著撕扯著她的長亂的頭髮。血液流到她美麗的額頭，她發出一陣強烈、枯澀、不愉快的大哭，又突然極度痛苦地嗚咽起來，並撕開她的胸衣，捶擊著她赤裸的胸部，風怒吼著穿過打開的窗子，大雨如注地傾瀉著，把她完全浸濕了。

整個夜晚狂風暴雨和那深情的號哭都沒停止，我懷著徒然的悲哀在黑暗中從這屋漫遊到那屋。既沒有人在旁邊，我能去安慰誰呢？這種極度的悲哀是誰的呢？這種悲歎又是從哪兒發出來的呢？

瘋子喊道：「退去！退去！一切都是假的！一切都是假的！」

我看到天已破曉，麥赫阿里正在這種可怕的天氣中，發著他那慣常的喊叫，繞著宮殿轉圈子。忽然使我覺得也許他曾經一度在這屋裡住過，而且，雖然他已瘋了，還是每天到這兒來，繞來繞去地轉圈子。他是被怪異的魔力迷惑著，被大理石的惡魔纏住了。

不管什麼狂風暴雨，我跑去問他道：「咳，麥赫阿里，什麼是虛假的？」

這人不回答什麼，只是把我推在一旁瘋狂地喊叫著繞圈子，像一隻鳥著了魔似地在蛇的下顎飛著，以一種拚命的努力，反覆地警告他自己：「退去！退去！一切都是假的！一切都是假的！」

我像一個瘋子般冒著暴雨跑到辦公室去詢問卡利姆汗道：「請告訴我這一切的意義。」

從這個老年人那兒，我所蒐集到的是：曾經有一個時期，無數的未得報償的熱情、沒有滿足的渴望，和一些狂野地興奮的歡樂之慘淡火焰在這宮殿裡大肆猖獗，而這所有的痛苦之心及破裂的希望之詛咒，就使得每塊石頭變成飢渴的了，像一個餓死的食人鬼，熱切地要吞下任何一個偶爾前來的活人。那些連續三夜住在這兒的人沒有一個逃掉這些殘酷的嘴牙的，除了麥赫阿里，他是犧牲了理性才得逃脫的。

我問道：「我可有什麼方法解脫嗎？」老人道：「只有一個方法，那是非常之困難的。我要告訴你那方法是什麼，但是首先你必須聽一聽曾經有一次住在這娛樂宮裡的一個波斯女郎的故事。一個更奇異的或者說一個更痛苦的令人心碎的悲劇從來不會在世上扮演的。」

正在此刻，一些苦力宣布說火車來了。這麼快？當火車進站時我們急忙收拾好行李，一個英國紳士，顯然剛從睡夢中醒來，正從頭等車裡努力向外張望著看站名。當他看到我們的旅伴時，喊道：「喂！」就把他帶到自己的車廂裡去了。及至我們進到二等車廂裡，我們沒有機會找出那人是誰，也不知道他的故事的結尾是什麼。

我說：「那人顯然是把我們當作傻瓜，出於開玩笑地欺騙我們。那故事從頭至尾純屬子虛。」接著的討論是結束於我同我那神學者的親戚之間的終身決裂。

（普賢譯）

我主——嬰兒

一

李查嵐到他主人家做僕役的時候是十二歲，他和他的主人屬於同一階級，主人的小兒子安納庫就交給他來看護。光陰荏苒，小主人漸漸長大，離開了李查嵐的懷抱而到學校去，由小學到大學，大學畢業後就去從事法官的工作，這樣直到他結婚，李查嵐始終是他唯一的伴隨人員。

但是，當一個女主人進到這家中，李查嵐發現一個主人變成了兩個，所有他以前的權勢都移交給新的女主人了。這是新到的主人應給予補償的，安納庫夫人就生了個兒子交給他，而李查嵐以一種密切的關懷，不久就對這小孩獲得了完全的佔有。他常用他的兩臂把這孩子舉起，用一種可笑的孩子的語言叫著他，把他的臉貼近嬰兒的臉齜著牙笑笑，然後把臉移開。

現在這個孩子已能爬過大門了，當李查嵐去捉他的時候，他就頑皮地格格地笑著逃脫掉。李查嵐為他被追蹤時所表現的那種熟練的技巧和正確的判斷而感到驚愕，他就帶著一種膽怯而神祕的表情對他的女主人說：「你的兒子將來會是一個法官。」

又有新奇的事令他們驚訝了，當這孩子開始蹣跚學步的時候，這在李查嵐認為是人類史中的一個新紀元。當他會叫他的父親爸爸，叫母親媽媽，叫李查嵐為「詹納」時，李查嵐的狂喜更是不可限量，他出去把這消息告訴給世上所有的人。

不久之後李查嵐就須在其他方面表現他的技巧了，例如：他必須演一匹馬的腳色，用牙齒啣著繮繩，用兩腳表演馬的跳躍。他又必須同那小被保護者搏鬥。如果他不能以一個角力者的技巧搏鬥的話，最後他對他的控制就要失敗了，而且毫無疑問的，一定會有一種大聲的喊叫發出來。

在這時，安納庫就遷到柏特瑪河邊的一個地方去。在途中他經過加爾各答的時候，就給他的兒子買了一個習步車，又為他買了一個黃緞子馬甲，一個鑲金邊的帽子，和幾個金的手鐲腳鐲。每逢他們出去散步的時候，李查嵐常常拿出這些東西來，帶著一種嚴肅的驕傲，把它們佩帶在他所看護的小孩身上。

後來雨季來到，霪雨連朝，綿延不絕。那飢餓的河流，像一條巨蟒，吞沒了街道、村莊和稻田，在沙洲上以它的洪流掩蓋了高高的草叢，當河岸潰決時，屢次發出一種巨大的響聲。這廣大的河流不斷的怒吼，遠遠地就可以聽到。大量的泡沫迅速地翻滾著，一看就知道是個急流。

一天下午，雨停了，天上有雲，但是天氣涼爽而明朗。這麼好的一個下午，李查嵐的小暴君是不肯待在家裡的，他的小君主爬到習步車裡。李查嵐就雙手控著兩個車把，慢慢地推著他，一直到了河邊稻田那兒。田裡沒有一個人，河中沒有一隻船，河對岸遙遠的地方，雲彩在西天裂開了縫隙，落日的靜穆儀式就在它整個紅色光耀裡顯示了出來。在這種靜肅裡，那小孩突然用手指著前面嚷道：「詹納，花，花。」

在附近一片泥淖裡，有一株開滿了花的卡達巴樹。他的小主人，用一種貪饞的眼光望著它，李查嵐明白了他的意思。只是在很短時間之前，他曾經用一些花球做了個小習步車，這小孩是如此高興於用一根繩子繫著它，以致於使得李查嵐整天都不得放下繮繩，他已由一匹馬擢升為一個馬夫了。

可是李查嵐在那黃昏的時候，並不想穿越濺到膝蓋的泥漿去弄那些花朵，所以他趕快指著相反的方向，喊著：「噢，看！寶寶！看哪！你看那兒有隻鳥！」他發出種種奇妙的聲音，趕快推著習步車遠離那棵樹。

然而在一個被認定是要成為法官的小孩，卻不是那麼容易推脫的。況且在這時沒有別的東西可以吸引他的眼睛，而且你也不能永遠維持一個想像之鳥的托辭。

小主人下了決心，李查嵐被弄得毫無辦法，終於他說：「很好，寶寶你靜靜地坐在車裡，我去給你採那些漂亮的花朵去，只是要當心，不可到水邊那兒去。」

他一邊說著，一邊把褲腳捲到膝蓋，踏著泥漿向那棵樹走去。

就在李查嵐走開的當兒，他的小主人用賽跑的速度奔向那被禁止去的水邊。他看到河水急遽地流著，飛濺著泡沫，發著嘩啦嘩啦的聲音向前奔流著，好像是這些不聽話的浪花它們自己帶著上千的兒童的譁笑從一個更大的李查嵐那兒跑開似的，它們這種惡作劇，使得這個有人性的兒童漸漸激動而不安起來，他從習步車上悄悄地下來，搖搖擺擺地跑向河水那兒去。半路上他撿起一根小木棒來在河邊彎著身子裝著釣魚，而河裡那些頑皮的小妖精好像在用它們那種神祕的聲音請他到它們的遊戲室去似的。

李查嵐從樹上採了一捧花朵，用他的衣服兜著滿面笑容地帶回來。但當他到達習步車的時候，那兒一個人也沒有，他各方尋找，也看不到一個人。他再回頭看那車子，還是一點影蹤也沒有。

在那最初可怕的片刻，他體內的血液都凍結住了，整個的宇宙在他眼前旋轉得像團黑霧。從他破碎的心底發出尖銳刺骨的喊叫：「主人哪！主人哪！小主人哪！」

但是沒有聲音回答「詹納」，沒有小孩子頑皮地笑著回報，沒有小孩子那種歡喜的尖叫聲迎接他的歸來。只有河水依舊激濺著，嘩啦嘩啦地向前奔流，——它好像什麼都不知道，而且也沒有時間去注意像一個小孩子的死亡這類微不足道的人間事件。

黃昏過去，李查嵐的女主人就非常著急了，她派出一些人到各處去尋找。他們手裡提著燈籠，最後到了柏特瑪河岸。在這兒他們發現李查嵐在田野中像狂風似地急速地浮沉著，發著絕望的呼喊：「主人哪！主人哪！小主人哪！」

最後他們總算把李查嵐弄回家去，他就仆倒在女主人的腳下，他們搖撼著他，問他問題，並且再三地追問他把小孩子放到哪裡去了，但是所有他所能回答的是：他什麼都不知道。

雖然每個人都持有一個意見，就是柏特瑪河吞下了這孩子，可是在他們心中仍留有一種潛在的懷疑。因為這天下午，人們曾注意到村外有一隊吉卜賽人，那是有些嫌疑的，孩子的母親在她狂野的悲痛中想得很遠，以為可能是李查嵐自己把小孩偷走了。她就把他叫到身邊，用一種哀憐的懇求說：「李查嵐，歸還我的孩子，噢！歸還我孩子吧。你要多少錢儘管從我這兒拿，但是要歸還我的孩子呀！」

李查嵐只是打著他的額頭以作回答，女主人就命他離開這個家。

安納庫想說服他妻子所有這種不公正的猜疑。他說：「他究竟怎麼會犯這樣一種罪呢？」

事後再來說服她是不可能的了。

二

李查嵐回到他自己的村莊上。直到那時他是沒有兒子的，而且現在也沒有希望會有任何孩子的出生。但是事情卻起了變化，在一個年底之前，他的妻子生了一個兒子後就去世了。當他看到這個新生嬰兒，起先在他心中有一股不可抑制的憤怒。在他思想的背後有一種憤怒的懷疑，就是這嬰兒像是他小主人的一個篡位者而來臨。他又想到在他主人小孩的事故發生後，而再對自己的兒子感到高興，是一種很大的罪過。實在地，假若不是他一個守寡的妹妹撫育了這個嬰兒，那他一定不會活長的。

不過，在李查嵐的心中，漸漸有了個改變，一件奇妙的事情發生了，這新嬰兒能開始爬行了，而且會臉上帶著頑皮的表情爬過大門去。他又表現出一種滑稽的聰明使他逃脫追捕。他的聲調，他的哭和笑的聲音，他的姿態，都簡直就是那小主人的。在有些日子，李查嵐聽到他的號哭時，他的心就突然開始狂野地擊打他的肋骨。那好像他以前的小主人在一個不可知的死亡之土，因為丟掉了他的詹納正在號哭一般。

費爾納[1]不久就開始說話了。他學著用一種嬰兒的語調叫爸爸媽媽。當李查嵐聽到那些熟悉的聲音，那種神祕性就突然變清楚了。小主人不能解脫他的詹納的服務時間，所以又重生在他的家裡了。

對李查嵐這種論調的證明是完全不須辯論的，因為：

(1)這初生嬰兒是在他小主人死後不久降生的。

(2)他的妻子從來不會貯積如此的精力在中年時還會生個兒子。

(3)新嬰兒走起來是搖搖擺擺地，而且也會叫爸爸媽媽。

對於這未來法官的暗示，是不缺乏任何記號的。

於是李查嵐突然記起那個母親可怕的譴責，驚駭地對自己說：「那個母親的心是對的。她知道我偷了他的孩子。」一當他一度有這種結論的時候，他就為他過去的疏忽充滿了悔恨。如今他就把他自己，他的軀體和靈魂，獻給這新生的孩子，而且成了他忠實的侍從。他開始把他當作闊人的兒子般養育他。他買了一個習步車，一件黃緞子馬甲，和一個金線繡的帽子。他把他亡妻的首飾鎔化了，做成金的手鐲和腳鐲，他拒絕讓這孩子

1 這是李查嵐的妹妹給這新生嬰兒起的名字。

和鄰居的任何人玩耍，而使他自己成為這小孩晝夜間的唯一伴侶。當這孩子到了童年時代，他是被如此地寵愛著、嬌縱著，並且穿戴得如此華麗，以致村裡的孩子都稱他「您閣下」，並且嘲弄他；比較年長的人們就認為李查嵐對這孩子是一種不可思議的癲狂。

終於到了這孩子進學校的時候了。李查嵐就把他的一小塊土地賣掉，到加爾各答去，他費了很大的力才得到一個僕人的職務，而把費爾納送到學校去。他不惜任何勞苦給他最好的教育，穿最好的衣服，吃最好的飯食。而同時他自己卻只靠一把米生活，並且還暗地裡說：「啊！我的小主人，你太愛我了，所以才回到我的家裡來。你再也不會從我這兒遭受任何的疏忽了。」

就在這種情形下，十二年過去了，這孩子已經能夠寫讀得相當不錯。他聰明壯健，而有著好的儀表。他對他的外表花費很大的心思，而對他頭髮的分梳更是特別留意。他傾向於奢華而講究服飾，並且隨便亂花錢，他從來不把李查嵐完全看做一個父親，因為雖然在感情裡李查嵐對他有種父愛，可是在表面上，他卻做得像這孩子的僕人，更錯誤的是李查嵐對每個人保持著他自己就是此子之父的祕密。

在費爾納寄宿的那個宿舍的學生，都拿李查嵐的土包子作風尋開心，而且費爾納背著他父親也參加他們的胡鬧。不過，在他們的心底，卻都愛這個心地清白而慈悲的老人，費爾納也是非常喜歡他的，但是就像我原先所說的，他對這個老人是一種謙遜的愛。

李查嵐越來越老了，他的僱主不斷地對他的不稱職找他的錯。為了這個孩子的緣故，他自己一直是在忍飢受餓。所以弄得身體衰弱而也就不如以前那樣能勝任他的工作了。他常常好忘記一些事情，頭腦也變得愚笨而遲鈍，然而他的僱主希望的是一個整個僕人的工作，所以對他就不會有所原諒了。他帶在身邊賣地的錢已經用光了。這個孩子卻還不斷地抱怨他的服飾，而要求更多的錢。

三

李查嵐下了決心。他放棄了作為一個僕人的職位，留下點錢給費爾納，並且說：「我在家鄉有點事情要去料理，不久就會回來的。」

他立刻到巴拉塞去，安納庫是那兒的法官，安納庫的妻子仍因悲傷而沮喪。她不曾有其他的孩子。

某日，安納庫經過法庭上漫長而疲勞的一天後正在休息，他的妻子正在出特別高的價錢向一位江湖醫生購買據說能保證生育的一種藥草。聽到庭院裡有問安的聲音，安納庫就出去看：是誰在那兒？那是李查嵐。當安納庫看到他的僕人時，心就軟了。他問了他許多問題，並且主張再叫他回來服務。

李查嵐淡淡地笑了笑，回答說：「我要向我的女主人敬禮。」

安納庫就帶著李查嵐到屋裡去，在那兒，他的女主人並不像他的老主人那樣親切地接待他，李查嵐並不理會這點，只是合掌說道：「不是柏特瑪偷去你的孩子，是我偷的。」

安納庫喊叫道：「天呀！唉！什麼？他在哪兒？」

李查嵐答道：「他同我在一起，後天我就把他帶來。」

是一個禮拜天，法官不必出席法庭。夫婦倆都期待地望著那條馬路，從一大早就等著李查嵐的出現。十點鐘時，他來了，帶領著費爾納。

安納庫的妻子，沒有問一個問題，就把這孩子拉到她的膝上，興奮得簡直發狂了：時而大笑，時而哭泣，撫摸著他，吻著他的耳朵和前額，而且用一對飢餓而熱情的眼睛注視著他的臉孔。這孩子樣子很神氣，而且穿著得像一個紳士的兒子。安納庫的內心洋溢著一種突如其來的愛情的狂熱。

雖然如此，作為一個法官的他卻要問：「你有任何證據嗎？」

李查嵐說：「對於這樣一種行為，怎能有什麼證據？上帝只知道是我偷了你的孩子，世上沒有別的人了。」

當安納庫看到他的妻子是如何熱情地親近這個孩子時，他就發覺要求證據的無益了。就相信它還比較好些。而且，那麼——要不相信的話，像李查嵐這樣一個老人，會從哪兒弄來這樣一個孩子呢？而且為什麼他的忠實的僕人要毫無所為地欺騙他呢？

他嚴厲地加了一句話：「不過，李查嵐，你一定不得留在這兒。」

李查嵐用一種窒塞的聲音，合著手掌說：「我到哪兒去呢？主人？我老了，誰肯要個老人做僕役呢？」

女主人說：「就讓他留在這兒吧！我的孩子會喜歡的，我原諒他了。」

但是安納庫以他法官的良心卻不允許他。他說：「不，他所做的事是不能原諒的。」

李查嵐鞠躬到地，並且抱住安納庫的腳，哭訴道：「主人，讓我留在這兒吧！做那事的不是我，是上帝呀。」

當李查嵐想把這種罪過推到上帝身上時，安納庫的良心受到比以往更壞的打擊。

他說：「不，我不答應，我不能再信任你了。你已經做了一件叛逆的行為。」

李查嵐站起來說道：「那不是我幹的。」

安納庫問道：「那麼是誰呢？」

李查嵐答道：「是我的命運。」

可是沒有一個受教育的人能以此作為寬恕的，安納庫依然很固執。

當費爾納明白了他是闊法官的兒子而不是李查嵐的，想到在過去這一段時期他的生來就有的權利一直被欺騙著時，起先他很生氣，可是看到李查嵐陷在苦痛中，就勇敢地對他父親說：「父親，原諒他吧，即使你不讓他同我們住在一起，也讓他每月有點養老金吧。」

李查嵐聽到這話以後沒有再說什麼，他在他兒子的臉上看了最後一次；他向他舊日的男女主人行了個禮，然後出去，就混入茫茫人海中了。

在這月的月底，安納庫送了點錢到他村上去給他，可是錢退回來了。那兒沒有一個叫做李查嵐的人。

（普賢譯）

戲劇

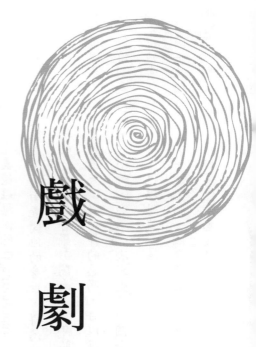

奚德蘿（獨幕劇）

作者原序

這本抒情詩劇取材於史詩《摩訶婆羅多》[1]中下面的故事：

有修為實行他贖罪的誓言，雲遊各地，來到曼尼坡[2]。在那裡他見到了曼尼坡國王奚德蘿法訶南的美貌女兒奚德蘿恩伽陀 (Chitrangada)。被她的嬌媚所迷，他向國王要求和他的女兒結婚。奚德蘿法訶南查問他的身世，得悉他是潘達闊 (Pandava) 王子有修，於是告訴他曼尼坡王統的一位祖先普羅彭闍南，多年膝下空虛，未育兒女，因而實行嚴格的苦行以求子嗣。至誠感天，濕婆神的恩賜，許以每代必有一兒。以後真的世代一子相傳。但傳到奚德蘿法訶南時，卻第一次只生了一個女兒奚德蘿恩伽陀來綿延血胤。因此他常把她當作兒子看待，也以她為嗣。

國王又繼續說道：「她生的一個兒子必得作為我宗族的繼承人。這兒子就是我對這件婚事所要求的代價。如果你願意接受這個條件，你可以娶她。」

有修允諾了，娶了奚德蘿恩伽陀為妻，並住在她父王的京城裡三年。他們生了一個兒子以後，他親熱地擁抱她，辭別了她和她的父親，又踏上他的旅途去了。

劇中人物

神：摩陀那（愛神）
　　梵生泰（花神）
人：奚德蘿　曼尼坡國王之女。
　　有　修　庫魯族的王子，武士階級剎帝利，這時正隱居森林中為隱士。
　　曼尼坡邊區的村民數人。

---

1 *Mahabharata* 即《大戰書》。
2 Manipur，東印度境，在今印緬邊界，印度獨立前尚係一土邦。

第一場

奚德蘿 你是五箭的愛神嗎？

摩陀那 我是創造神心中出生的第一人。我用苦痛和快樂的帶子來締結男人和女人的生命！

奚德蘿 我知道，我知道那苦痛是什麼，那些帶子是什麼。——還有，你是什麼神？我主。

梵生泰 我是他的朋友——梵生泰——季節之王。死亡和衰老侵蝕世界入骨，可是我跟蹤著他們，永遠攻擊他們。我是不老的青春。

奚德蘿 梵生泰神啊，我對你敬禮。

摩陀那 可是，漂亮的陌生人啊，你守著什麼嚴厲的誓言嗎？為何你要用苦行來自毀青春呢？這種犧牲是不適合於愛的禮拜的。你是誰？你有什麼祈禱？

奚德蘿 我是曼尼坡國王的女兒奚德蘿。蒙濕婆神慈恩的允諾，使我王統不絕，世世有男繼承。不想神的說話竟失卻效力，不能變換我母腹的生機化女為男——可是我雖身為一女，生性卻剛強無比。

摩陀那 我知道，你父親為此把你當兒子撫養。他教授了你挽弓的技術、國君的職責。

奚德蘿 是啊。因此我才穿上了男裝，脫離了閨房的幽禁。我不懂得女人的媚術。我的雙手強硬而有力，可以彎弓。可是我從來不曾學習邱比特的箭法，會眉目傳情。

摩陀那 好人，那用不到教授的。眉目的傳情，不學而能，而且他很知道誰的心被射中了。

奚德蘿 有一天，我在普那河邊的森林裡獨自遊獵，把我的馬拴在樹幹上，沿著鹿跡進入一處叢林。我發現一條蜿蜒曲折的狹隘小路，彎彎曲曲地穿過繁枝密葉所交織成的隱蔽處所。樹葉的搖動和蟋蟀的鳴聲相應和。突然看見一個男人以乾葉為床，躺在那兒正擋住我的去路。我倨傲地叫他起來讓路，他卻置若罔聞。我輕蔑地用我弓的尖端試探著去刺他。他突然一躍而起，像死灰中忽然冒出一把火來，用他兩條高而直的腿站在我面前。討人歡喜的笑容顯現在他嘴角上，這或者是看到我的童顏之故。這是我生平第一次自覺是一個女子，而知道在我面前的是一個男人。

摩陀那 每於良辰吉日的適當時刻，我教導世間男女這一門最高的功課，讓他們知道自己。那麼你後來怎樣呢？

奚德蘿　我又害怕又驚奇地問他：「你是誰啊？」他說：「我是大庫魯族的有修。」我這時呆立有如一尊石像，連向他合掌致敬也忘了。這真的是有修，我夢寐中的偉大偶像嗎？是啊，我早就聽說他發誓獨身苦行十二年的。以往多少日子，我的少年大志激勵我要去和他比武，折斷了我的長矛，穿上假裝和他單獨挑戰，以證實我兩臂的武藝。唉，痴心人，我的妄想哪兒去了？我只要把我的少年英氣和一切抱負化為泥土，踏在他腳下，我便將引為無上的恩寵呢。當我呆想之際，忽然我看見有修穿林而去。我不知道我的頭腦失落在什麼漩渦裡了。唉，蠢女！你既不向他致敬，又不發一語，也不請求他寬恕，卻木立似無教養的村夫，任他傲然離去……第二天早晨，我把我的男裝丟在一邊，戴上手鐲、腳環、腰鍊，穿上一襲紫紅色綢衣。這不習慣的服裝使我有些不好意思；但是我急於搜尋他，竟匆匆出門，在樹林中的濕婆廟裡找到了有修。

摩陀那　請你把故事全部講完。我是心生之神，我知道這些心的衝動之奧祕。

奚德蘿　我只能夠約略記得我說的和他所給我的回答。請不要教我詳細地敘述全部。羞恥像雷霆般落在我身上，但卻還打不碎我，打不碎像我這樣夠堅強的人，堅強得像男子漢一樣的人。我臨走時聽到他最後的一句話，真像燒紅的針刺我的耳朵。他說：「我已立誓苦行，我不配做你的丈夫！」嘿，一個男人的誓言！愛神啊，當然，你知道的，古來曾有不知多少的尊者和仙人，他們把修持苦行的畢生之功俯伏在一個女子的石榴裙下啊。我把我的弓一折兩段，把我的箭扔在火中燒了。我怨恨我這堅實輕捷而有弦疤的雙臂。哦，愛神啊，我的男子體力的虛榮，已讓你打倒在塵埃之中；我所有的男子教育，都讓你踏成了齏粉。現在，請你教我，教給我那柔弱的力量，徒手的武器。

摩陀那　我願做你的朋友，我將把征服世界的有修，帶給你做你的俘虜，讓你的手接受他叛逆的判決。

奚德蘿　我只要有時間，我自能慢慢地得到他的歡心，無須請求神助。我可以站在他身旁給他作伴，給他的戰車駕御烈馬，陪他從事於遊獵的歡娛，夜裡守衛在他營帳的門口，幫助他盡到剎帝利[3]的一切重大責任，保護弱小，維持正義。當然，最後總有一日他會注意我，覺得奇怪：「這個少年是誰？我從前的奴隸，有這樣地順從我，像我的功績般得心應手的嗎？」我並不是一個天生的寡婦，在孤寂之中撫養她的失望，晚間餵它以眼淚，白天掩蓋以強顏的歡笑。我的願望之

3 武士階級。

花，在沒有結果成熟以前，決不掉落入塵埃。可是要使一個人的真我被人認識和尊敬，那是畢生的工作。因此，我登門求教。你這克服世界的愛神啊，和你，梵生泰，你這青春的時令之主啊，從我年輕的軀體中，取去這主要的不公吧，取去這不能吸引人的陋容吧。令我在一天之中，化為絕色，美麗有如我心中之愛怒放的花朵一樣絢爛。只要給我短短一天的無瑕的美麗，以後的日子，我必有所回報。

摩陀那 小姐，我答應你的祈求了。

梵生泰 不只是短短的一天，而是整整的一年。春花的魅力會密集在你身上。

第二場

有修 還是我做夢呢？還是我在湖畔所見真有其事呢？在黃昏的斜陽餘暉裡，我坐在青苔之上，追想多少年來的往事，忽見一位絕色的美女慢慢地出現在幽林之中，站立在水濱的一塊白石板上。好像在她瑩白的赤足之下，地心也當快樂興奮似的。我想遮掩她身體的霧縠之衣，定將狂喜而融化到空氣裡去，有如東山的雪峰融化為金色的朝霧。她俯身湖水的明鏡，自顧其影。初時微露驚愕而靜立，繼即嫣然而笑。左臂偶一揮動，鬆散了她的頭髮，頭髮便下垂到地上去，拖曳在她腳邊。她袒露出她的胸部來，自己端詳她的手臂，那是白璧無瑕的天生麗質。她低頭俯視她青春之花的芬芳甜美，她嫣紅柔嫩的皮膚。她面露驚喜之色，有如白蓮含苞，清晨展眼，為的是延頸俯首以視水中之影。這樣，她怎會不整天地兀自驚詫呢？可是一會兒她臉上的笑容收斂起來，憂愁的暗影爬進了她的眼睛裡。她束好她的頭髮，披上輕紗，緩慢地歎了口氣，像一個美麗的黃昏沒入黑夜般走了。在我，那是渴望著的宿願得到最高的報償了，倏然顯現，然後又幻滅不見了。……可是有什麼人在推門呢？

（奚德蘿女裝上）

奚德蘿 呀！就是她啊！我的心，鎮靜些！……小姐！不要怕。我是剎帝利。尊貴的先生，我就住在這廟裡。你是我的貴賓，我不知道怎樣來款待以盡地主之誼。

有修 美麗的小姐，我能一瞻芳容，已屬萬分榮幸。如果你不見怪，我就問你一個問題。

奚德蘿 我答應了。

有　修　你立了什麼嚴格的誓言，把自己幽禁在這座孤廟裡，使一切凡人，不能一睹芳容呢？

奚德蘿　我心中隱藏著一個祕密的願望，所以天天在濕婆神前禱告，要求我願望的實現。

有　修　唉！你還會有什麼要求？你的本身就是全世界所要求的啊！我足跡遍天下，東自日出之山，西至日沒之土，我都去過。我曾見過世界上最珍貴的，最美麗的，最偉大的。只要你說一聲你要求的是什麼東西或什麼人，我都可盡力。

奚德蘿　我所求的人，舉世皆知。

有　修　當真！誰可以做這神之所寵呢？誰的名譽竟佔據了你的心呢？

奚德蘿　他出身於皇族之中的最高皇族，他是英雄之中的最大英雄。

有　修　小姐，不要將你的美色，成為他虛名的犧牲。虛名的流布，口口相傳，像日出之前的朝霧一樣不可靠。請告訴我，究竟在最高皇族之中，誰是最大英雄呢？

奚德蘿　隱士啊，你在妒忌別人的盛名了。你難道不知道普天之下，以庫魯族在所有皇族之中為最有名嗎？

有　修　庫魯族！

奚德蘿　而且你從未聽見過這天下聞名的皇族中的最大偉人的名字嗎？

有　修　從你口中說出，我當洗耳恭聽。

奚德蘿　他是有修，那個征服世界的人。我從眾人的口中，選出這不朽的名字，鄭重地藏在我處女的心坎裡。隱士啊，你為什麼這樣驚慌呢？難道那名字只是一個欺人的光彩嗎？果真如此，我決不躊躇，我可以打破我這心頭的小匣，把假寶石扔到塵埃中去。

有　修　不論他的名譽、他的勇敢和豪氣是虛是實，請求你的慈悲，不要把他從你心中驅逐出去——因為他現在當面跪在你腳下了。

奚德蘿　你，你就是有修嗎？

有　修　是的，我就是他，你門前的求愛之客。

奚德蘿　那麼，有修立誓獨身苦行十二年難道不是真的嗎？

有　修　可是，你解除了我的誓約，就像月亮解除了夜的黑暗一般。

奚德蘿　唉，你真不知羞恥！你何所取於我，竟使你對你自己不忠呢？假使你預備支付給我你誠實的價值，那麼你在這對烏黑的眸子中，在這雙乳白的手臂上，找的是誰呢？我知道，這不是真我。這確實不能是愛情，這不是男子對女人的最高禮敬！唉！這肉體是無常的假相，假相卻會使人看不見那不滅的精神之光！是的，我的確知道了，有修啊，你的英雄品格的名譽原來是假的。

有修 唉！名譽，勇敢的英名又有什麼用處！在我看來，萬事萬物，皆是夢幻。只有你是完美；你是世界的財富，一切貧乏的終結，一切努力的目標，那唯一的女人。一般人要日久而始知其美。可是一見到你，就馬上看見了永恆的完美。

奚德蘿 唉！那不是我，有修啊，那不是我！那是神的詭計。去，去，我的英雄，去吧。不要求愛於虛妄，不要把你的偉大之心，奉獻給一個幻象啊。去！

第三場

奚德蘿 不，不可能，面對那幾乎像餓鬼的緊握雙手般用熱烈的注視來緊迫你，只覺得他的心在掙扎著破除其束縛而激動它感情的呼喊遍於全身——這樣把他像乞丐一般揮之使去——不，不可能的。

（摩陀那與梵生泰上）

唉，愛神啊，你把什麼可怕的火熾籠罩著我了！我燃燒，我燃燒著一切我所接觸的東西。

摩陀那 我願意知道昨夜發生的事情。

奚德蘿 晚上我把春花的花瓣鋪滿草床就躺在上面，追想有修對我美貌的奇妙稱頌；——有如一點一滴的飲喝我白天所收儲的蜜。我已往歲月的歷史，恍如隔世，都記憶不起來了。我自覺像一朵花，只有飛逝的數小時之久，去聽那林地上的一切蜂蝶的喃喃嗡嗡的諂媚和柔語，於是須得從天空中低眉垂頭，在一呼吸之間，默不作聲地自己掉落向塵土中去，就這樣完結了一個既無過去也無將來的美滿一瞬的短史。

梵生泰 一個光榮的無限生命，就像曇花一現般開謝於俄頃之間。

摩陀那 猶如一首數行的短歌之中含有無窮的意義。

奚德蘿 南來的微風，撫我安眠。花亭上的藤花，從上面無聲地落下，吻遍我全身。在我的頭髮上，我的胸口，我的腳上，都有落花選作死所，躺在那兒。我睡著了。正沉睡之際，忽然覺著有人熱切地注視著我，像火焰的指尖，觸到了我睡臥的身體。我驚醒了坐起來，看見那隱士正站在我面前。這時月已西斜，從樹葉的空隙裡窺視奇妙的神工藝術，表現在一個脆弱的人的形體中。香風馥郁；夜的靜寂藉蟋蟀的鳴叫而發聲；樹木的倒影反映在湖水中悄立不動；他拄杖鶴立，身高且直，狀如喬木。睜眼看時，似乎我已脫離了一切生活的實體，而轉生於影子的夢境裡。羞怯之心，頓歸烏有，有如鬆開的衣服，直落到腳下去。我聽見他叫道：「親愛的，我最親愛的！」於是我的所有前生，合一而答應他。我說：「娶我，娶我的一切！」我就伸出我的兩臂迎他。這時月亮下沉到樹後去，一張黑暗之幕掩蔽了一切。天與地，時與空，苦樂與生死，都沒入於狂歡之中……。曙光初現，林鳥初唱，我起來撐著我左臂坐著。他還睡著，唇邊微露笑容，宛若曉月一勾。旭日的玫瑰紅色映射在他的額角上。我歎口氣立起來，將藤葉拉攏來擋住照在他臉上的太陽。我審視我自己，我看到了這依然如昨的舊地，我記起了舊日的我，於是像一頭怕牠自己影子的花鹿一般穿過滿布奇葩麗花的森林小徑而奔逃。我找到了一個僻靜的隱蔽處，坐下來雙手掩面，想要哭泣。但眼睛裡卻淌不出一滴眼淚來。

摩陀那　唉！你這凡人的女兒！我從神的寶庫中竊取了這天國的芬芳美酒，裝滿一個人世之夜，放在你手裡讓你喝——我卻還是聽到了這苦痛的呼聲。

奚德蘿　（悲痛地）誰喝這個來？人生願望的最難完成的愛情之第一次結合是給我了，但是仍要從我的掌握中搶去嗎？這個借來的美麗，這個蒙在我身上的假相，將棄我而去，就像花瓣從枯萎的花枝上凋謝一般，那甜蜜結合的惟一紀念將偕與俱去。而那自愧赤貧的女人，將坐著哭泣，日以繼夜。愛神啊，這可詛咒的外貌似魔鬼的附身，一切愛情的賞賜都被攫取——那我心所渴求的全部接吻都被攫取了。

摩陀那　唉！你一夜之經歷，竟這樣虛擲了嗎？歡樂的帆檣已到眼前，但是洶湧的波濤卻不讓船靠岸。

奚德蘿　蒼天離我的手只有咫尺的距離，而我一時竟忘了我還沒攀登上天。可是我早晨從夢中醒來，自覺我軀體已成了真我的對敵。這是我所厭惡的：要我每天修飾她，把她送到我愛人的面前，看她被撫養著。愛神啊，取回你的恩賜吧！

摩陀那　可是，我若取去時你將怎樣站在你愛人的面前呢？當他正在啜飲我第一杯歡樂之酒時，從他的唇邊奪去酒杯，不也太殘忍嗎？而且他將怎樣生你的氣呢？

奚德蘿　這樣還是好得多，我將把真我顯示給他，高尚的行為勝於虛假。他若不接受真我，他若唾棄我，令我心碎，我也寧可一聲不響地忍受。

梵生泰　聽我的忠告。要花季過了秋天才到來，花謝然後有結果的勝利。時候自然會來的，當你身上最火熱的花朵要萎謝時，有修將歡歡喜喜地接受你內在的常住真我之果。哦，孩子，回到你狂歡的節期去吧。

第四場

奚德蘿 我的武士，你為什麼老是這樣看著我？

有　修 我看你怎樣編織那花冠，巧妙而優雅像孿生的兄弟和姐妹，遊戲地在你的指尖上跳舞，我一面看一面想。

奚德蘿 你想些什麼，先生？

有　修 我想你啊，就用這同樣輕快的撫觸和甜蜜，正將我放逐的日子織成一個不朽的花冠，等我回家的時候來替我加冕。

奚德蘿 家！可是我倆的愛情不是為了家啊！

有　修 不是為了家？

奚德蘿 不，請千萬不要說到那個。把持久的堅實的東西，帶回你家去。那野生的小花，讓它留在原來生長的地方，讓它在日子完了時美麗地和殘花落葉一起死亡。不要把它帶到你的宮殿裡去，拋棄在那石板上而被遺忘了。那石板是不知憐惜凋謝的東西的啊。

有　修 我倆的愛情是那樣的嗎？

奚德蘿　是，沒有別的了！為什麼要懊惱呢？凡是只適合於閒逸日子的事物都和它們本身同時死滅，當去的強要留住，那麼歡樂便轉為苦痛，所以取來保留它只到它不能存在時為止。不要讓你晚上有過多的要求，超越了你晨間所能獲得的願望。……白晝已完了，戴上這花冠，我已疲倦了。我愛，把我抱在你懷裡，讓一切無謂的爭論，消滅在我倆嘴唇的甜蜜接合裡。

有　修　勿作聲！你聽，我愛，遠村神廟召喚禱告的鐘聲藉晚風傳過靜寂的樹林來了。

第　五　場

梵生泰　我的朋友！我不能跟隨著你了，我疲倦了，你所點燃的火，要保持著燃燒不熄是一件難事。我老是瞌睡，扇子從我手中落下來，星星之火被冷灰掩蓋著，我從瞌睡中驚起，使勁救護這殘焰。但是我看這保持不了多久。

摩陀那　我知道，你和小孩一般浮躁。不論在天上的遊戲，在人間的玩耍，你總不能持久，你用許多時日和無盡的條件建立起來的事物，卻毀於頃刻而毫不惋惜。可是我們這工作快要完成，生翼的歡樂日子疾飛而過，一年的時間快滿期，將暈倒在狂喜的幸福中了。

第六場

有修 我早晨醒來，覺得我的夢已昇華為一塊寶石，我沒有手飾匣來藏放它，沒有王冠來安上它，沒有金鏈來佩掛它，但卻捨不得拋棄它，我剎帝利的右臂，被它無故佔據了，忘卻了它的責任。

（奚德蘿上）

奚德蘿 告訴我你在想什麼，先生！

有修 今天我滿心想著打獵的事，看，雨這樣傾盆而下，猛擊著山坡。雲這樣濃陰昏暗，密罩森林。暴漲的溪流，像勇往直前的少年一般，帶著輕佻的笑聲躍過一切堤堰的障礙疾走而下。在這樣的下雨天，我們兄弟五人就要到齊德拉楷的森林中去獵取野獸，那是愉快的時日。隆隆的雷聲，使我們衷心歡躍。孔雀的驚叫聲，使樹林發出迴響來。膽怯的鹿因雨點的淅瀝和瀑布的喧聲，聽不見我們腳步的迫近；虎豹的足跡留在溼地上，指引了牠們洞穴的所在。打圍完了，我們就互相激勵著一股勁游泳橫渡湍急的河流回家去。這種生氣蓬勃的活力我還保存著。我很想打獵去。

奚德蘿　現在你追蹤的獵物應先捕捉住。你十分確知你所追的迷人之鹿一定會被捉住嗎？不，還不能一定。正像一個夢，這野獸似乎離你很近時便躲掉了。你看風是怎樣被瘋狂的雨點追逐著，一千支利箭集射在身後，但風仍自由跑去，不被征服。吾愛，我們兩人的事也類乎此，你追趕這捷足如飛的美麗精靈，你手中的每支箭都向她發射。這頭魔術之鹿，仍然自由地跑去，終究不能接觸到。

有　修　我愛，你哪能沒有家？那裡慈愛之心正等著你回去呢！一個家，不是一度因你的溫情而甜蜜，自你離去，來此荒野，便即黯然無光嗎？

奚德蘿　為什麼有這些問題呢？是不是著迷的快樂時間已經過去？你要知道，我的一切就只有這點，不是都擺在你眼前了嗎？就我而言，渺無前程。掛在金素伴花瓣上的露水，既沒有名字，也沒有什麼目的，對於任何問題它都沒有答覆。你所愛的她正像那露珠。

有　修　難道她完全與世無涉嗎？她能只像一個放浪的天神偶因不慎而落在地上的一小塊青天嗎？

奚德蘿　是。

有　修　唉！所以我常常耽心會失掉你啊。我的心沒有滿足，我的神總不能寧定。過來靠近著我，不可得的人！將你自己委身於姓名家庭和宗族的關係裡。讓我的心感覺得到你的真實，和你一同生活在愛的和平領域中。

奚德蘿　為什麼要徒勞無益地費力去捕捉那雲彩的顏色，浪花的舞蹈，和花朵的芳香呢？

有　修　我的女主人，不要用空話來解我愛的渴。給我一點可以把握的東西，一些能比歡樂持久的東西，即使遇到苦難也能忍受的東西。

奚德蘿　我的英雄，一年還沒有滿，你已經厭倦了！如今我才明白花的壽限的短促，實在是天賜之福。假使我這身體能同前些時的春花一起凋謝，那一定死得很榮耀，但現在日期的來臨，已經屈指可數。哦，我愛，不要放鬆它，請把蜜汁都榨乾。否則恐怕你乞丐似的心仍會懷著不滿足的慾望時時回到這裡來，像夏花凋謝落入泥土後的飢渴蜜蜂一樣。

第七場

摩陀那　今晚是你最後一夜了。

梵生泰　你的美貌明天便要歸還給春之無盡寶藏了。你那嘴唇的鮮紅，將脫離有修接吻的記憶，而再化為無憂樹的新葉兩片；你那皮膚的柔嫩瑩白，將重生為一百朵茉莉香花。

奚德蘿　哦，兩位神明啊，請允許我這個祈禱！今天晚上，讓最後的鐘點顯出我美之無上光輝，像將熄火焰的迴光返照。

摩陀那　你可以如願以償。

第八場

村民們　誰會來保護我們啊？

有　修　什麼？你們怕什麼危險？

村民們　盜寇蜂擁而來，像山洪暴發似地從北山衝下來劫掠我們的村莊。

有　修　你們這地方沒有守衛者嗎？

村民們　奚德蘿公主是盜寇所最怕的。當她在這樂土的時候，除卻自然的死亡，我們沒有別的恐懼，現在她禮神進香去了，不知從哪裡去找她。

有　修　這國家的守衛者是一個女子嗎？

村民們　是的，她是我們母兼父職的英雄。

（村民下）

（奚德蘿上）

奚德蘿 你為什麼一個人獨坐在這裡？

有　修 我正想像奚德蘿公主是怎樣一個女人，我從各種人的口裡，聽到了她的許多故事。

奚德蘿 唉，可是她並不美麗。她的雙目，沒有我黑眸的可愛，像死人一樣暗淡無光。她的箭百發百中，但射不中我們英雄的心。

有　修 他們說她有男子的英武，女人的溫柔。

奚德蘿 這正是她最大的不幸啊！當一個女人只是一個女人的時候，她施展她的倩笑嬌啼，侍奉偎傍，來屈身以纏繞男子之心，那是最快樂不過的。學識和功績，對她有什麼用處？假使就在昨天你經過森林小徑在濕婆神廟的庭院裡遇見她，你會不屑一顧地走過的。是不是你已對女子的美貌生厭，因此想在她身上覓取男子漢的勇力呢？片片的綠葉，濺上瀑布的飛沫，洗得潔淨而清涼，我把它們鋪成一張午睡的床，鋪在蔭蔽如夜的黑洞裡。洞裡柔軟的青苔，厚厚地蓋在有泉聲伴奏的黑石上，吻接你的眼睛，使你入睡。讓我領路，你跟我來吧。

有　修 親愛的，不是今天。

奚德蘿　為什麼不是今天？

有　修　我聽說有一夥強盜已臨近平原。我必須準備我的武器，去保護受驚的村民。

奚德蘿　你不必替他們擔憂。奚德蘿公主在出發進香之前，已經在各個邊界的要隘上布置著堅固的防衛了。

有　修　可是仍請你准許給我一點時間去做一回剎帝利的工作。我想這閒散的手臂，充實以新建之功，更值得讓它來做你安睡的枕頭。

奚德蘿　難道我能拒絕不讓你去嗎？我能把你纏住在我懷抱裡嗎？你真將堅決地爭取你的自由，離我而去嗎？那麼，去吧！可是你必須明白，一旦瓜葛既斷，便永遠不能再連接起來。假使你在這裡已經解了渴，你走就是了。假使沒有，那麼，記住這點，快樂女神是有脾氣的，誰也不等待的。我主！請坐下來！你且告訴我，有什麼煩惱攪擾了你。今天誰使你這麼心神不定？是奚德蘿嗎？

有　修　是的，是奚德蘿。我不明白她有什麼誓願，才遠行禮神進香，她需要的是什麼？

奚德蘿　她的需要嗎？嗐！這薄命女郎，她曾有過什麼？就是她的品性成為她牢獄的牆壁，把她的女人的心，禁閉在一間空房裡，她被埋沒，她的願無從得償。她女性的愛情穿戴得破爛潦倒，也得自己知足；因為美麗在否定她。她像不歡之晨的幽靈，坐在石山的頂上，一切光輝，都被黑雲遮蔽住了。請不要問我她的情形，這絕對不是男人所喜歡聽的。

有　修　我急欲知道她全部的情形。我像一位遊覽的旅客，在半夜裡來到一處陌生的城市，亭臺樓閣，園林勝景，隱約可辨；海濤的呼號，在睡眠的靜寂中時時傳進耳朵裡來。他怎樣渴望早晨到來，將一切的奇景異觀，都顯現在眼前啊！哦，請告訴我她的故事。

奚德蘿　此外還有什麼可告訴的呢？

有　修　在我心目的想像之中，我似乎看見她騎著一匹白馬，昂然而來，左手威武地拉著馬韁，右手拿著一面弓。像勝利女神分布愉快的希望在她四周；像警戒的母獅，用猛烈的愛保護她乳頭的幼兒。女人的臂膀，只要健而有力，即使沒有什麼裝飾，也是美的！美人兒啊！像蟒蛇從長期冬眠裡復活起來，我的心活動了。來，讓我倆並騎疾馳，像輝煌的雙星，橫掃過空際，離開這綠沉沉的睡獄，離開這阻礙呼吸的香氣醉人之濃密覆蓋。

奚德蘿　有修，對我說真話。假使現在我用魔術能把自己馬上卸脫這香豔肉感的嬌媚，使這美觀的怯弱花朵在宇宙的粗魯而健康的一撫觸下收縮起來，並像一件借來的衣服般從我身上褫奪去，你能忍受得住嗎？假使我毅然挺立，振作我的勇氣，一腳踢開這柔弱的詭計與藝術，假使我高高地昂起頭來，像一棵高聳的年輕山松，不再像蔓藤的匐匍地上，那時我還能要求男子的垂青嗎？不，不，這樣你不能忍受。我還是照舊在我周圍散布著一切亡命少年的漂亮玩具，耐心地等著你吧。當你樂此而回時，我就含笑地在我這美麗肉體的杯子裡，倒出歡樂之酒來侍候你。當你這酒喝夠了，倦了，你就可以出去工作或是遊戲。到我老了，我將謙卑而感謝地接受你安置我在隨便哪一個角落裡。可是，假使晚間的遊伴，希望成為日間的賢助，假使左手要求分擔右手的重負，難道就不能取悅你英雄之心嗎？

有修　我的了解你，似乎從未正確過。我看來，你似乎像一位女神，隱藏在金像之中，我摸不著你，我不能報答你的無價之賞賜。因此，我的愛情，總不圓滿。有時在你愁容的謎之深處，有時在你的閃爍其詞、糢糊其意的俏皮話中，我彷彿瞥見一人，想要撕破她肉體的愁悶美色，從喜笑的虛幻面幕中，呈現出苦痛的純火來，幻象是真理的最初表現，她化裝了走向她的愛人，但時間到了，她拋棄了她的珍飾與面幕，站在那兒露出她本來的莊嚴來。我正探求那究極的「你」，那純潔的真相。

我愛，你為什麼簌簌淚下？為什麼兩手掩面？我的寶貝，我傷你心了嗎？忘掉我的話吧。我會滿足於現狀的，讓這美的每一剎那，像一隻神祕之鳥，從黑暗中看不見的巢裡帶著音樂的信息，來到我這兒，讓我懷著希望永遠坐在實現的邊緣上，就這樣了結我的一生。

第九場

奚德蘿（穿著外套）我的主啊，是不是這杯裡只剩下最後一滴了呢？是不是這的確終結了呢？不，雖然一切已完，仍有些東西留著，這就是我在你足下的最後奉獻。我從天國的花園裡帶來了無比的美麗花朵。我用它們來崇拜你，我那內心的上帝。假使祭禮已完，假使花已褪色，讓我把它們擲出廟去。（脫去外套露出男裝）現在，請用慈悲之眼，看看你的崇拜者吧。

我沒有像我奉獻給你的鮮花那麼美麗完善，我有許多瑕疵和缺陷。我是一個跋涉世路的旅客，我的衣服上滿是泥汙，我的腳被荊棘刺出血來，我哪裡能及得到花朵的美豔，及得到俄頃生命的光煥可愛呢？我可以毫不羞愧地雙手奉獻給你的，那是女人的心。這裡面一切的苦痛和歡樂積聚著；這裡面是一個塵世女兒的希望、恐懼和羞愧；這裡面，愛情奮發，向著永生邁進。這雖不完美，卻也高潔莊嚴。假使花的服務已經完了，我的主啊，請接受這個做你來日的僕人！我是奚德蘿，國王的女兒。也許你還記得，有一天一個女人到濕婆廟裡來看你，滿身裝載著珠寶珍飾。那個無恥的女人竟來向你求愛，好像男子似的。你拒絕了她；你沒有做錯。主啊，我就是那女人，她是我的化裝。後來幸獲諸神的恩賜，我得到為期一年的最光煥容貌，那是人間罕有的美色。就靠那虛幻的欺騙，擾亂了我英雄的心。絕對確實，我並不是那女人。

我是奚德蘿，不是可崇拜的女神，也不是像飛蛾一樣隨便可以刷掉的普通憐憫的對象。假使你允許我在危險和勇敢的路上隨伴你，假使你允許我分擔你一生的重任，你會知道我的「真我」的。我現在有孕了，如果生出來的是兒子，我將親自教導他成為有修第二。時候到了，我便把他送給你。那時，你終究會真正知道我了。今天，我只能奉獻給你奚德蘿，一個國王的女兒。

有　修　親愛的，我不虛此生了。

（劇終）

（文開譯）

郵　局（二幕劇）

夏芝序

當一年前這小小的劇本由愛爾蘭的演員在倫敦演出的時候，我的幾個朋友發現很多明細的表徵：村長是社會生活的一種本質，賣凝乳的或老頭兒，是另一種本質；不過這意味是情感的、單純的，很少是理智的。臨死的小孩所要求和獲得的解脫，就是在他想像面前所升起的解脫。泰戈爾曾說：有一次將拂曉時，他聽到從一群過節歸來者的喧聲中，唱出了一支古老村曲：「擺渡的人啊，帶我到彼岸去吧！」這在生命中的任何一刻都可以到來的。雖然這小孩是在死亡中發現了它。因為這往往就在不再找尋那種「我」不能「與精神合一」的利益之一瞬間出現。這可能說成「所有我的工作都是你的」。在舞臺上，這小小的戲劇表現出它是有著很完整的結構，而且傳達給觀眾一種柔和而平靜的情緒。

劇中人物

馬陀扶
阿瑪兒：馬陀扶的養子。
蘇陀：賣花的小孩。
醫生
賣牛乳的
更夫
老頭兒
村長：是個地痞。
國王的傳令官
御醫
小孩兒數人

第一幕

地點：馬陀扶的家裡。

馬陀扶 我是一種什麼心情啊！在他沒有來的時候，什麼事也沒有，我覺得自由自在。但是如今他來了，天曉得他是從哪兒來的，我的心充滿了他可愛的影子。如果他離去，我的家對於我就不成個家了，醫生，你以為他——

醫生 假如他命中注定是有壽命的，他就會長命。可是醫典上所說的，好像是——呃！

馬陀扶 天啊，說什麼？

醫生 醫典上說：「膽汁病痲痺症、感冒或痛風，發起病來都是一樣的情形……」呃！

馬陀扶 啊，說下去吧，不要盡背你的醫典給我聽了；你只是使我更焦急罷了。告訴我，我能做些什麼？

醫生 （吸著鼻煙）病人一定要有非常小心的看護才行。

馬陀扶 那是真的；但請你告訴我怎樣呢？

醫生　我已經說過了，無論如何一定不要讓他到門外去。

馬陀扶　可憐的孩子，要把他成天關在家裡是太難了。

醫生　那麼你還能做些什麼呢？秋天的太陽和溼水對於小孩都是很不好的，因為醫典上有記——「生哮喘，暈絕，或生神經的疹，生黃膽病或腫眼——」呃！

馬陀扶　請你不要管那些醫典了吧，唉，那麼我們一定得把這個可憐的東西關起來了，沒有別的辦法了嗎？

醫生　一點也沒有。因為「在風和太陽裡——」呃！

馬陀扶　你的「在這裡面，在那裡面」現在和我有什麼相干呢？為什麼你不把這些撇開而直截了當談問題的要點呢？現在應該做些什麼？你的方法對於這個可憐的孩子是非常非常困難的；雖然他在病痛中還是非常安靜，當我看到他吃你的藥的時候那種畏避的樣子，我的心都要碎了。

醫生　他越畏避的厲害，效力也就越真確。那就是何以聖人嘉巴納所說：「服藥就像受好的教訓，味道越不好越是真實。」啊，好了，現在我必得跑了。

（下）

（老頭兒上）

馬陀扶　啊，我卻被瞞著，現在老頭兒來了。

老頭兒　為什麼？為什麼？我又不會咬你。

馬陀扶　不，但是你是個送掉小孩性命的惡魔呀。

老頭兒　可是你並不是個小孩兒啊，而且你也沒有小孩子在你家裡。那麼為什麼要擔心呢？

馬陀扶　噢，但是我已經帶了個孩子到這家裡來了。

老頭兒　真的，怎麼會這樣？

馬陀扶　你記得我的妻子怎樣地死命要過繼個孩子嗎？

老頭兒　是的，但那已是椿舊事兒了；你並不喜歡這個意見的。

馬陀扶　老兄，你可知道賺錢是如何地困難啊。別人家的孩子駛了進來而把你費盡心血賺來的錢花光了——噢，我恨這個意見。可是這個孩子卻如此奇怪地纏住我的心，以致——

老頭兒　所以那就是困難了！你的錢都為他花光而還感到很快樂，很幸運能為他花光了呢。

馬陀扶　在以前，賺錢的事情在我簡直是一件痛苦的事，我只是不能不為錢而工作。如今呢，我卻願意賺錢了，而且我知道這完全是為了這個小孩子，賺錢對於我反而變成一種快樂的事了。

老頭兒　噢，那麼你從哪兒把他撿來的？

馬陀扶　他是我妻子的弟弟的兒子。他從幼年就沒有了母親；沒幾天前，他又失去了他的父親。

老頭兒　可憐的東西！如此說來他更加少不了我了。

馬陀扶　醫生說他小身體裡的各種機構都互相抵觸著，他的生命是沒有多大希望了。現在只有一個方法可以救他，就是把他關在屋裡，不使他受秋天的風吹日曬。然而你卻是如此一個可怕的人物！你這把年紀了，還玩這種遊戲，把小孩子們引到戶外去玩！

老頭兒　上帝保佑我的靈魂！那麼我已經同那秋天的風和太陽一樣壞了。唉！但是，朋友，我也知道點使他們在戶內玩的遊戲。我今天的工作完了之後，再來和你的孩子作伴吧。（下）

（阿瑪兒上）

阿瑪兒 姑父，我說姑父呀！

馬陀扶 喂！原來是你呀，阿瑪兒！

阿瑪兒 我真的不可以跑到院子外面去嗎？

馬陀扶 不可以，我的阿瑪兒，不可以的。

阿瑪兒 你看姑媽在磨房裡磨扁豆，松鼠豎起尾巴坐在那兒用牠的小手撿拾那些扁豆的皮屑，唧唧唧地咬嚼著。姑父，我不能跑到那兒去嗎？

馬陀扶 是的，我的寶貝，不能去的。

阿瑪兒 但願我是一隻松鼠就好了！——那該多有趣。姑父！為什麼你不讓我跑出去呢？

馬陀扶 醫生說讓你出去是不好的。

阿瑪兒 醫生又怎麼知道呢？

馬陀扶 你這是什麼話！醫生怎會不知道？他讀這麼大本兒的書呢！

阿瑪兒 難道他讀的書就會告訴他一切嗎？

馬陀扶 那當然，你還不知道嗎？

阿瑪兒 （歎口氣）啊！我是這樣地愚笨！我不念書。

馬陀扶　現在，想想看：最最有學問的人都像你一樣，他們永遠不到門外去的。

阿瑪兒　他們真個不到門外去嗎？

馬陀扶　他們真個不到門外去的，他們怎能出去呢？他們一天到晚辛辛苦苦讀他們的書，他們的眼睛除對書本以外不看別的東西。現在，我的小人兒呀，在你長大的時候也要變成個有學問的人的；那時你將待在家裡也讀一些這麼大本兒的書，人家會望著你說：「他真是個了不起的人物啊！」

阿瑪兒　不，不，姑父，我跪在你腳下求你吧——我不要成為有學問的人，我不要。

馬陀扶　親愛的，親愛的，假如我曾經是有學問的，我該會節省多少。

阿瑪兒　不，我寧願去看看就在這兒有著的一切。

馬陀扶　你聽著！看！你會看到些什麼？這兒有些什麼可看的？

阿瑪兒　從我們窗口可看到那座遠山——我常常渴望立刻跑到山的那邊去看看該是多好。

馬陀扶　噢，傻瓜！如果沒有什麼別的事情可做，只是跑到山頂上就走開，又有什麼意思呢？唉！我的孩子，你不講些有意義的話！現在，聽著，自從那座山像堡岩似地筆直地聳立在那兒，就是告訴你不能越過去的意思。要不然，把一些大石頭堆成那麼大的一個東西有什麼用呢？唉！

阿瑪兒　姑父，你以為那是阻止我們去越過它的意思嗎？在我看來，那是因為大地不能講話，就向天空伸出它的手打招呼。並且使那些住得很遠、獨坐窗口的人能看到它招呼的記號。可是我猜想那些有學問的人——

馬陀扶　不，他們沒有時間去想這種無聊的事情。他們不像你這麼傻氣。

阿瑪兒　你知道，昨天我碰到一個很像我這樣傻氣的人呢。

馬陀扶　噯呀，真的，怎麼樣呢？

阿瑪兒　他肩上扛著一根竹竿，竿頭挑著一小包東西，左手拿著一個銅鍋，腳上穿了一雙舊鞋子，他正要穿過草地到那些山上去。我大聲喊，問他：「你要到哪兒去呀？」他答道：「我不知道，隨便哪兒都可以！」我又問他：「你為什麼要去呢？」他說：「我是去找工作。」喂！姑父，你要找工作嗎？

馬陀扶　當然我要的。有很多人在找職業呢。

阿瑪兒　多有趣！我也要像他們一樣去找些事情做做了。

馬陀扶　要是你去找工作，卻找不到，那麼——

阿瑪兒　那不是更開心嗎？那麼我就要到更遠的地方去。我看著那人穿著那雙破鞋子慢慢地走著。後來走到那棵無花果樹的下面流水的地方，他就停下在小河裡洗腳。然後從小包裡拿出點豆粉來，用水潤濕了吃。之後，捆好了小包，又把它挑在肩膀上；把衣服曳到膝上過河去了。我已經請求姑媽答應我也過河去，像那人一樣吃我的豆粉了。

馬陀扶 你姑媽怎麼說？

阿瑪兒 姑媽說：「等你病好了，我就帶你到那兒去。」姑父，請問我什麼時候才會好呢？

馬陀扶 親愛的，不久就會好的。

阿瑪兒 真的，不過只要我的病一好，我就馬上要去的呀。

馬陀扶 你要到什麼地方去呢？

阿瑪兒 噢，我要一直往前走，穿過許多的小河，在水裡走著。很熱的白天，每個人都要關上門睡覺的時候，我就去到很遠很遠的地方找工作。

馬陀扶 我曉得了！我想你還是先把病醫好了，那時——

阿瑪兒 到那時你就不要我做有學問的人了，是不是，姑父？

馬陀扶 那麼你想做什麼呢？

阿瑪兒　我現在還想不出，不過將來我會告訴你的。

馬陀扶　很好。不過你要記住，你不要叫喊，也不要再跟陌生人談話才好。

阿瑪兒　但是我卻很喜歡同陌生人談話。

馬陀扶　要是他們把你拐走了呢？

阿瑪兒　那可太好了！但是卻從來沒有人拐我去。他們都要我待在這兒。

馬陀扶　我要出去工作了──但是，寶貝，你可不要出去，你肯嗎？

阿瑪兒　好，我不出去。可是，姑父，你得讓我坐在這屋子裡近馬路的一邊呀。（馬陀扶下）

（賣牛乳的上）

賣牛乳的　凝乳，凝乳，最好的凝乳！

阿瑪兒　賣凝乳的！喂，賣凝乳的！

賣牛乳的　你為什麼叫我？你要買點凝乳嗎？

阿瑪兒　我怎麼能買呢？我一個錢也沒有。

賣牛乳的　好個小孩子！那你為什麼叫我呢？咳！真浪費時間！

阿瑪兒　如果我能夠的話，我要同你一塊兒去。

賣牛乳的　同我？

阿　瑪　兒　是的，當我聽到你遠遠地在馬路那邊叫賣的聲音，我好像覺得有些想家呢。

賣牛乳的　（放下他的擔子）我的孩子，你在這兒幹麼啊？

阿　瑪　兒　醫生說不讓我出去，所以我就成天坐在這兒。

賣牛乳的　我的可憐的孩子，你出了什麼事了嗎？

阿　瑪　兒　我不能說，你看我又不是有學問的，所以我不知道我是怎麼回事。喂，賣牛乳的，你從哪兒來的呀？

賣牛乳的　從我們村莊上來的。

阿　瑪　兒　你們的村莊？很遠吧？

賣牛乳的　我們的村莊是在潘奇木拉山腳下沙姆里河那裡。

阿　瑪　兒　潘奇木拉山！沙姆里河！我覺得奇怪。也許我曾經看到過你們的村莊呢。但是我卻想不起是在什麼時候了！

賣牛乳的　你曾看到過？你到過山腳那兒？

阿　瑪　兒　從來沒有去過。但是我好像記得曾經看到過它。你們的村莊可是在一些很古老的大樹下面，剛好靠近那條紅路旁邊的地方——是不是？

賣牛乳的　對了，孩子。

阿　瑪　兒　而且山坡上有些牛羊在吃草。

賣牛乳的　好奇怪呀！我們村裡有牛羊在那兒吃草。真的，那兒是有的。

阿　瑪　兒　而且你們的婦女們都穿著紅衣服，到河裡去灌滿了水壺頂在頭上帶回去。

賣牛乳的　是的，那一點也不錯，我們牛奶村的婦人們的確是從河裡汲水的；不過她們並不是個個都穿紅衣服。但是，我的親愛的孩子，你從前一定在什麼時候到過那兒的。

阿　瑪　兒　實在地，賣牛乳的，我從來沒有到過那兒。不過將來醫生准許我出去的第一天，你就要帶我到你們的村莊去呀。

賣牛乳的　我的孩子，我是高興帶你去的。

阿　瑪　兒　並且你會教我像你一樣掮著扁擔在長長的路上走著叫賣凝乳嗎？

賣牛乳的　親愛的，親愛的，你從前做過嗎？為什麼你要賣凝乳呢？不，你將來要念巨大的書本兒，做有學問的人才好。

阿　瑪　兒　不，我永遠不要做有學問的人——我要像你一樣，從老榕樹附近那紅路邊的村莊上，去取我的凝乳，沿著一家家的茅屋叫賣。噢，你怎麼樣喊叫的——「凝乳呀，凝乳呀，最好的凝乳呀！」教給我這種聲調，願意嗎？

賣牛乳的　親愛的，親愛的，教給你這種聲調？好個怪想法呀！

阿　瑪　兒　請你教我吧，我很愛聽這種聲調。當我一聽到你透過那一排樹木從路的拐角處傳來的喊叫聲，我簡直說不出我感覺是怎麼樣奇妙啊！你知道那就像當我聽到從幾乎是天邊傳來的鳶鳥的尖銳叫聲時一般的感覺嗎？

賣牛乳的　親愛的孩子，你想吃點凝乳嗎？是的，吃點吧。

阿　瑪　兒　可是我沒有錢呀。

賣牛乳的　不，不，不，不要談什麼錢！如果你肯從我這兒拿點凝乳去，就很使我快樂了。

阿　瑪　兒　喂，我耽誤你太久了吧？

賣牛乳的　一點也不，對我毫無損失；你已經教會我如何快樂地去賣凝乳了。（下）

阿　瑪　兒　（有腔調地喊叫著）凝乳呀，凝乳呀，最好的凝乳呀——從牛奶村來的凝乳——從沙姆里河邊潘奇木拉村中來的凝乳呀。凝乳，好的凝乳呀！在早上，婦人們把牛群在樹下站成一排，擠牛乳；晚上她們就把這些牛乳做成凝乳了。凝乳呀，好凝乳呀！喂，那個更夫在那兒巡邏呢。更夫，喂，來同我談談吧。

（更夫上）

更　夫　吵些什麼？難道你不怕像我這種的人嗎？

阿瑪兒　不，我為什麼要怕呢？

更　夫　如果我把你捉走了，又怎樣呢？

阿瑪兒　你要把我捉到哪兒去呀？是不是很遠在山的那一面呢？

更　夫　要是我直接把你捉到國王那兒去，可怎辦？

阿瑪兒　捉到國王那兒去！好，就把我捉去吧，你肯嗎？可是醫生卻不許我出去呢。就沒有人能把我帶走，我已經整天地待在這兒了。

更　夫　可憐的人兒，醫生不讓你出去！啊，我明白了！你的臉色灰白，你的眼睛周圍又有黑圈兒，你的血管都從你可憐的瘦手凸出來了。

阿瑪兒　你肯敲敲那鑼嗎，更夫？

更　夫　時候還沒有到呢。

阿瑪兒　好奇怪呀！有的說時候還沒到，而有的又說時候已經過了！不過在你敲鑼的當兒，時候一定會到的！

更夫　那是不能夠的；只有時候到了我才敲鑼的。

阿瑪兒　是的，我很愛聽你的鑼聲。當中午時，我們吃過了飯，姑父出去工作，姑媽睡在那兒念《羅摩耶那》，我們的狗兒在院子牆影的下面，把牠的鼻子鑽在牠捲起的尾巴裡睡覺的時候；於是你的鑼就敲著「噹！噹！噹！」請告訴我，為什麼要敲響你的鑼？

更夫　我的鑼響著是告訴人們：「時間是不等人的，去了就永遠不來了。」

阿瑪兒　到哪兒去了？什麼地方呀！

更夫　那沒有人知道。

阿瑪兒　那麼我猜想是從來沒有人到過的地方了！噢，我倒願意和時間一起飛到那沒人知道的地方去呢。

更夫　我的孩子，我們所有的人總有一天要到那兒去的。

阿瑪兒　我也要去的嗎？

更夫　是的，你也要去。

阿瑪兒　但是醫生不許我出去呀。

更夫　有一天醫生會親自牽著你的手到那兒去的。

阿瑪兒　他不會的，你不知道他。他只要把我關在家裡。

更　夫　有個比他更大的人要來釋放我們的。

阿瑪兒　那個大醫生什麼時候到我這兒來呢？我不能再在這兒待下去了。

更　夫　我的孩子，可不要說這種話。

阿瑪兒　不，他們留我在這兒，我就待在這兒——從來沒有動一動。可是當你的鑼敲的時候，噹！噹！噹！噹！簡直是敲進我的心坎兒裡了。喂，更夫。

更　夫　噯，我的親愛的。

阿瑪兒　喂，在那邊高飄著旗子的大房子，人們常常出出進進地做些什麼呀？

更　夫　噢，那兒嗎？那是我們的新郵局啊。

阿瑪兒　郵局？誰的郵局？

更　夫　誰的？當然是國王的了！

阿瑪兒　國王寫的信就投到這郵局去嗎？

更　夫　當然啦，說不定哪一天好日子也許會有封信給你呢。

阿瑪兒　一封信給我？可是我只不過是一個小孩子呀。

更　夫　國王常常寄小小的信給小孩子們的。

阿瑪兒　噢，好光榮啊！我什麼時候會接到我的信呢？你又怎麼知道他會寫信給我呢？

更夫　要不然他為什麼把上面飄著金色旗子的郵局剛好就設在你窗口的前面呢？

阿瑪兒　可是當國王的信來到時，誰把它帶給我呢？

更夫　國王是有很多郵差的，難道你沒看見他們都胸前配帶著圓形的鍍金徽章在那兒跑來跑去嗎？

阿瑪兒　噢，他們到哪兒去呢？

更夫　噢，他們從這家到那家，全村都要跑到的。

阿瑪兒　等我長大了，我也要做國王的郵差。

更夫　哈哈！做郵差，實在地！不論下雨還是日曬，不管他是窮的還是富的，你都要一家家把信送到——那是樁很偉大的工作呀！

阿瑪兒　那就是我最喜歡幹的了。什麼事使你笑成這個樣子？噢，是了，你的工作也是偉大的。當燠熱的正午，到處都很靜寂的時候，你的鑼響著噹！噹！噹！有時晚上當我突然醒來，燈盞已熄滅了，我能透過黑暗聽到你的鑼慢慢地響著，噹！噹！噹！

更夫　村長來了！我一定得去了。如果被他撞見我在這兒聊天，那就麻煩了。

阿瑪兒　村長？他在哪兒呀？

更夫　正在馬路的那邊；你可看到那棕葉的大洋傘，在一路跳著來嗎？那就是他了。

阿瑪兒　我想是國王差他來這兒做我們村長的吧？

更夫　差他？噢，不！一個大驚小怪的好事之徒！他很會給自己找些不痛快以致每個人都怕他。如同對他自己一般，也給別人一些麻煩。現在我一定得走了！你知道我絕不可讓工作停滯在那兒的！明天早上我再來告訴你村子上所有的新聞吧。（下）

阿瑪兒　每天得到國王一封信，那真是光榮啊。我要坐在窗口那兒讀它，但是，噢！我不認識字呀。我不知道誰會讀給我聽呢？姑媽是念《羅摩耶那》的，也許她會認得國王的字。如果沒有人念給我聽，那麼我就把那些信好好地收起來等我長大再看好了。可是假若郵差找不到我那又怎麼辦呢？村長，村長先生，我可以同你談談嗎？

（村長上）

村長　誰在馬路上喊我？噢，原來是你，是你這可惡的猴子嗎？

阿瑪兒　你是個村長，每個人都得當心你。

村長　（很高興的樣子）不錯，不錯，他們是要當心我，他們一定得當心我的！

阿瑪兒　國王的那些郵差也聽從你嗎？

村長　那是他們應該的。喂，我倒願意去看看——

阿瑪兒　請你去告訴那郵差，說坐在窗口那兒的就是阿瑪兒，好嗎？

村長　那有什麼好處呢？

阿瑪兒　也許會有封信給我呢。

村長　一封信給你？誰要寫信給你呀？

阿瑪兒　或許國王要寫給我。

村長　哈！哈！你是個多麼特別的小孩子呀！哈！哈！國王！你是他的知心朋友嗎？嗯？我確信你們見面沒有多久而國王正在掛念你呢，等到明天你就會收到你的信了。

阿瑪兒　喂，村長，你為什麼用這種腔調同我講話？你生氣了嗎？

村長　生氣嗎？的確！實在的，你寫信給國王！馬陀扶近來簡直成了個了不起的要人了。他賺了點錢，所以國王啦、大王啦，就天天和他的家人談話，要是有一天給我找到他，我可要給他點難堪。噢，你——你這小調皮！我要把國王的信送到你家來——真的，我會送來的。

阿瑪兒 不，不，這種事，請不要麻煩你吧。

村長 為什麼不要？咳！我要把你告訴給國王知道，他不會遲延的，立刻就會有個僕人來打聽你。馬陀扶的厚臉皮倒使我有些疑惑。（下）

阿瑪兒 是誰在那兒走路呀？你的腳鐲怎麼那樣響！停一會兒好嗎？

（一個女孩走進來）

女孩 我一點空閒也沒有；已經晚了。

阿瑪兒 我明白了，你是不願意停下的；我也是不願意待在這兒的。

女孩 你使我想到早上的殘星，你有點什麼事嗎？

阿瑪兒 我不知道；醫生不許我出去。

女孩 啊！那麼就不出去吧！應該聽醫生的話。假若你淘氣，人們會生你氣的。我知道，經常地望著外面，守在那兒一定會使你感到厭倦的。讓我替你把窗子關上一點吧。

阿瑪兒　不，不要關，只有這一個是開著的！其他的都關上了。不過你肯告訴我你是誰嗎？我好像不認識你呢。

女孩　我是蘇陀。

阿瑪兒　什麼蘇陀？

蘇陀　你不知道嗎？就是此地賣花人的女兒呀！

阿瑪兒　你做什麼事呢？

蘇陀　我把花採下放到籃子裡。

阿瑪兒　噢，採花呀！怪不得你走路時，看上去你的腳好像是很快樂，而腳鐲也響得那麼得意呢。希望我也能夠出去，那麼我就可以為你從頂高頂高的看不見的樹枝上折些花兒下來了。

蘇陀　真的嗎？你可同我一樣認得許多花兒嗎？

阿瑪兒　是的，我認得的，我認得很多很多。我也知道神仙故事中所有關於香伯和他七兄弟的事情。只要他們肯的話，我一定會到那些你們找不到出路的叢林裡。而且在那兒，那啜飲蜜汁嗡嗡叫著的蜂雀正在最稀疏的枝頭搖擺著身子，而我就會開成一朵長白花兒。你願意做我的姐姐巴露爾嗎？

蘇陀　你真糊塗！我是蘇陀，我的母親是撒西，是一個賣花的，而我怎麼會是你的巴露爾姐姐呢？我一天要編結那麼多的花環。假如我能夠像你在這兒那麼逍遙自在地就開心了。

阿瑪兒　那麼你成天坐在這兒做些什麼事呢？

蘇陀　我就可以有很多的時間同我的洋囡囡新娘彭娜和貓兒梅尼玩耍了。而且——可是我說，時候已經不早了，我一定不能再停留了。要不然我會連一朵花也採不到的。

阿瑪兒　噢，再等一會兒吧；我真喜歡你再多等一會兒呢！

蘇陀　啊，好——現在你可不要再淘氣了。要乖乖地安靜地坐在這兒，等我採好花回家的時候，再來和你談天吧。

阿瑪兒　那麼你肯送我一朵花嗎？

蘇陀　不，我怎麼能送你呢？那花是要錢買的呀！

阿瑪兒　等我長大了——在我離開此地到那河的對面去找工作之前，我會付你錢的。

蘇陀　那麼，很好。

阿瑪兒　等你採好了花，你還會回來嗎？

蘇　陀　我會的。
阿瑪兒　真的你會回來？
蘇　陀　是的，我會回來的。
阿瑪兒　你不會忘記我吧？我是阿瑪兒，你可記住呀。
蘇　陀　我不會忘記你的，你將來看就是了。（下）

（一隊小孩子進來）

阿瑪兒　喂，哥哥們，你們都要到哪兒去呀？在這兒停一會兒吧！
一個孩子　我們去玩啊。
阿瑪兒　哥哥們，你們要玩些什麼呀？
一個孩子　我們要扮農夫玩呀。
另一個孩子　（拿出一根棒來）這就是我們的犁頭。
另一個孩子　我們兩個就是兩頭牛。
阿瑪兒　你們要去玩一整天嗎？
一個孩子　是的，玩一整天。
阿瑪兒　傍晚時你們會沿著河邊的路回家嗎？

一個孩子　是的。

阿瑪兒　你們回家時，可經過我這兒嗎？

一個孩子　出來同我們一起玩吧，是的，來同我們一起玩吧。

阿瑪兒　醫生不讓我出去。

一個孩子　醫生！你的意思是說你聽從醫生的話嗎？讓我們去吧，時候不早了。

阿瑪兒　不要走，就在這窗子近邊的路上玩不好嗎？那麼我就可以看到你們了。

一個孩子　我們在這兒能夠玩什麼呢？

阿瑪兒　同我所有擺在這兒的玩具玩呀，這兒都是，你們拿去玩吧，我不能獨自一個人玩的。它們都弄髒了，對我也沒有什麼用處了。

孩子們　好開心呀！多麼好的玩具呀！看，這兒是一隻船，這是老媽媽嘉太，這不是個很神氣的兵嗎？你把它們都給我們嗎？你真的不在乎嗎？

阿瑪兒　是的，我毫不在乎；不管怎麼樣，你們都拿去就是了。

一個孩子　你不要討回它們嗎？

阿瑪兒　噢，我不要它們了。

一個孩子　喂，你不會因此而挨罵嗎？

阿瑪兒　沒有人會罵我的，不過你們肯每天早上拿這些玩具在我們門前玩一會兒嗎？等這些玩舊了，我還會給你們一些新的呢。

一個孩子　噢，我們肯的，我說，把這些兵排成一隊，我們玩打仗吧！可是到哪兒去找槍呢？噢，看這兒，拿根蘆葦當槍是很好的。喂，可是你已經想睡覺了。

阿瑪兒　我恐怕是要睡了。我不知道，有時候我覺得還喜歡睡覺呢。我已經在這兒坐了很久，我累了；我的背有點痛呢。

一個孩子　現在差不多是中午的時候，你怎麼就想睡覺？聽！那鑼才打一更呢！

阿瑪兒　是的，噹！噹！噹！它告訴我該去睡覺了。

一個孩子　那麼我們還是去吧，明天早上我們再來好了。

阿瑪兒　在你們去之前，我要請問你們一點事情。你們是常常在外面的——你們可認識國王的那些郵差嗎？

孩子們　是的，我們認識的。

阿瑪兒　他們是些什麼人？請把他們的名字告訴我吧！

一個孩子　一個叫巴達爾。

另一個孩子　另外一個叫撒拉德。

另一個孩子　他們有很多個呢。

阿瑪兒　要是那兒有封給我的信，你們以為他們可會認識我嗎？

一個孩子　那當然，如果信上寫著你的名字，他們就會找到你的。

阿瑪兒　當你們明天早上來看我的時候，你們可不可以帶他們一個來認識認識我呢？

一個孩子　好的，如果你喜歡的話。

（幕下）

第二幕

（阿瑪兒睡在床上）

阿瑪兒　姑父，今天我不能走近窗口那兒嗎？難道醫生連這也不許嗎？

馬陀扶　是的，寶貝，你看你坐在那兒已經把你自己弄得一天比一天壞了。

阿瑪兒　噢，不，我不知道在那兒會使我病得更厲害，不過我坐在那兒，就常常感到很舒服。

馬陀扶　不，你不對的；你坐在那兒和這周圍的許多人交朋友，不論是老的少的，好像是他們在我的房簷下握有正當的權利似的——有血氣的人，實在受不了。你看——你的臉很蒼白了。

阿瑪兒 姑父，我怕我的托鉢僧要打這兒經過，卻看不到我在窗口那兒呀。

馬陀扶 你的托鉢僧？那又是什麼人呢？

阿瑪兒 他到這兒來同我聊天兒，談一些他曾經到過的地方。我很愛聽他說呢。

馬陀扶 那是怎麼說的？我並不認識任何托鉢僧呀。

阿瑪兒 該是他來的時候了，我求你，請他進來一會兒同我在這兒談談吧。

（老頭兒穿著托鉢僧的衣服上）

阿瑪兒 你來了，托鉢僧，到我床邊來吧。

馬陀扶 噯喲，可是這是——

老頭兒 （不住地霎眼示意）我就是托鉢僧。

馬陀扶 我想你並不是個托鉢僧。

阿瑪兒 托鉢僧，你這次到過什麼地方去了？

老頭兒 到鸚鵡島去了。我剛剛回來呢。

馬陀扶 鸚鵡島！

老頭兒 這是很令人驚奇的吧？我並不同你們一樣，我旅行是不花一文錢的，隨我喜歡到哪兒去。

阿瑪兒 (拍掌)你好開心啊！可記住你的諾言，等病好了要帶我去做你的門徒呀！

老頭兒 那當然，我將教給你許多旅行家的祕密，那就是不管在大海裡，在樹林裡，或者在深山裡，沒有東西能夠阻擋你的路程的。

馬陀扶 叨嘮些什麼呀？

老頭兒 阿瑪兒，我的親愛的，我不怕海裡或山裡的什麼東西；不過假若醫生同你這位姑父一起進來的話，那麼我所有的魔術就會失敗了。

阿瑪兒 不，姑父不會告訴醫生的。而且我答應靜靜地躺在這兒；不過等我病好了的那一天，我就和托缽僧一同離開這兒，無論在海裡，在山上，或在急流中，都不會有什麼阻擋我的路的。

馬陀扶 咳！親愛的孩子，不要只管嚷著要走吧！我聽到你談這些就傷心。

阿瑪兒 托缽僧，告訴我，鸚鵡島是個什麼樣子呀？

老頭兒 那是一個有許多奇妙東西的島子，是一個鳥類的窠巢。沒有人在那兒，而且牠們既不會說話也不會走路，牠們只是唱歌和飛翔。

阿瑪兒　多麼光耀呀！它是靠近海邊嗎？

老頭兒　那當然，它是在海上的。

阿瑪兒　那兒有青山嗎？

老頭兒　實在地，牠們是住在青山裡的；在日落時，山邊有一片紅光，所有的鳥類展開牠們的綠翅膀成群地飛到牠們窩巢那兒。

阿瑪兒　可有瀑布嗎？

老頭兒　啊，當然啦，沒有一座山是沒有瀑布的。噢，那簡直像鎔解的鑽石一般；而且，我的親愛的，你曉得它們是什麼樣的舞蹈呀！當它們衝過一些小石子往海裡流時，都會使那些小石子唱出歌來。沒有一個醫生的魔鬼能停止它們一些時候的流動的。那些鳥兒除了把我看作一個人，看作只不過是一個無關緊要的沒有翅膀的東西之外，沒有別的——牠們並不來同我打交道。如果不是這樣，我就要在牠們擁擠的窩巢當中，為我蓋一個小屋子，來數海浪過我的日子了。

阿瑪兒　我多麼希望我會是隻鳥啊，那麼——

老頭兒　不過那是小事情。我聽說過你已經決定等你大了要跟個賣牛乳的去做個凝乳小販，我怕這種生意在鳥群中不會興旺的，也許還會使你大大虧本呢。

馬陀扶 實在是太囉嗦了。夾在你們兩個中間，我簡直要瘋了。現在我要走了。

阿瑪兒 姑父，賣牛乳的來過嗎？

馬陀扶 他為什麼沒有來過？他是不願自找麻煩，在鸚鵡島的窩巢間跑出跑進，替你的可愛的托缽僧當差的。不過他留下了一瓶凝乳給你，說他正在村中忙於他姪女的婚禮，並且還須到卡姆里帕拉去定一副樂隊呢。

阿瑪兒 可是他要把他的姪女嫁給我的呀。

老頭兒 噯喲，我們現在卻進退維谷了。

阿瑪兒 他說過她就要做我可愛的小新娘，耳朵上戴著一副珍珠耳墜，身上穿著美麗的紅衣服；早上她就親手擠那黑牛的乳，並從那帶著燒印商標的新瓦瓶裡倒些滾熱的，上面還漂著白沫的牛乳餵我喝；晚上她就掌著燈巡視一下牛棚之後，就來坐在我旁邊，講些香伯和他的六兄弟的故事給我聽。

老頭兒 多麼令人迷惘呀！連我這出家的人都有些心動了！不過親愛的，不要在乎這樁喜事了，讓它去吧。我告訴你，當你要結婚的時候，不愁在他家裡會沒有姪女的。

馬陀扶　閉嘴吧！我不能再忍受了。（下）

阿瑪兒　托缽僧，現在姑父已經走了，請告訴我，國王可曾有封給我的信投到郵局去嗎？

老頭兒　我猜想他的信已經啟程了，正在往這兒的路上呢。

阿瑪兒　在路上了？什麼地方呀！是不是在那彎彎曲曲，穿過那些樹木的路上？那條雨過天晴時，你就可以一眼望到樹林盡頭的路嗎？

老頭兒　就是那兒呀，你已經都知道了。

阿瑪兒　任何事情，我都知道的。

老頭兒　我明白，可是你怎麼知道的呢？

阿瑪兒　我不能說，不過我自己很清楚。我想我在很久以前曾經看到過這條路。至於多久以前，我卻說不出了。你可曉得是什麼時候嗎？我看到了一切：看，像國王的郵差，獨自一個人在手提燈籠，背上背著一個大信袋，從山坡上走下來；一路上爬著下來，爬了幾天幾夜，不知道爬了多久，才到達山腳下瀑布流成小溪的地方，在溪旁他找到一條小路繼續前進，穿過那些小麥；然後就到甘蔗田，走進那高高的甘蔗桿兒的狹路中就不見了；後來他又到了一塊空曠的草地上，這兒有蟋蟀在唧唧鳴叫，而且除了幾隻鷸鳥在那兒搖擺著尾巴用牠們的嘴掘泥土之外，一個人也看不見。我覺得他越走越近，越走越近，而我的心就高興起來了。

老頭兒 我的眼睛不年輕了，可是你卻使得我也看到了同樣的情景。

阿瑪兒 喂，托缽僧，你可認得那個擁有這所郵局的國王嗎？

老頭兒 我認得的，我每天到他那兒去要求施捨呢。

阿瑪兒 好！等我長大了，我一定也去求他的施捨，我可不可以去呢？

老頭兒 我的親愛的，你不須去求他，他會自願施捨給你的呀。

阿瑪兒 不，我要到他門口那兒，大聲喊叫：「噢，國王！祝你勝利！」一邊敲著鼓兒，一邊舞蹈著去要求施捨，那不是很有趣兒嗎？

老頭兒 那是太好了，假若你肯同我一起去，我會得到我的全份施捨的。可是你將要求他些什麼東西呢？

阿瑪兒 我要對他說：「請派我做你的郵差吧，那麼我就可以提著燈籠奔走著挨門挨戶去送你的信了。不要讓我整天待在家裡吧！」

老頭兒 我的孩子，你就是整天待在家裡，又有什麼可憂愁的呢？

阿瑪兒　那並不是憂愁，當他們把我關在這兒的時候，起先我覺得日子好像很長似的。自從國王的郵局設在那兒以後，我就越來越喜歡待在家裡了。因為我想著也許有一天我會得著一封信的，我感到非常地快樂，於是我也就不在乎清靜和孤獨了。我奇怪是否我會在國王的信裡找出點什麼東西來呢？

老頭兒　要是那信上除了只寫著你的名字而找不出其他什麼東西的時候，你是不是認為就夠了呢？

（馬陀扶上）

馬陀扶　你們兩個是不是有意給我找麻煩？

老頭兒　什麼事呀？

馬陀扶　我聽說你已經揚言出去說國王把他的郵局設在這兒是專送信給你們兩人的。

老頭兒　噢？怎麼回事呢？

馬陀扶　我們的村長潘嘉南已經寫了封匿名信告訴給國王了。

老頭兒　傳到國王耳朵裡的事情，我們不要警戒些嗎？

馬陀扶　那麼為什麼你不小心呢？為什麼無緣無故地提起國王的名字？假如你這樣

做法，就毀了我了。

阿瑪兒 喂，托缽僧，國王會生氣嗎？

老頭兒 生氣，才怪！同像你這樣的一個小孩子、像我這樣一個托缽僧，會生氣？讓我們看，假若國王是生氣了，那麼，難道我不譴責他嗎？

阿瑪兒 喂，托缽僧，自從今天早上，我就覺得有一種黑暗籠罩著我的眼睛。任何事情都像是一個夢。我渴望安靜，我也不喜歡談話了。國王的信還沒來嗎？假如這屋子突然完全融化掉了，假如——

老頭兒 （搧著阿瑪兒）我的孩子，那封信今天一定會到的。

（醫生上）

醫生 你今天覺得怎樣？

阿瑪兒 我今天覺得非常地好，醫生，一切痛苦好像都離開我了。

醫生 （在馬陀扶旁邊）不要看著他這種笑容太喜歡了。他感覺得好，並不是好的兆頭。查克羅唐曾說過——

馬陀扶 務必請求你，醫生，把什麼查克羅唐丟開吧。告訴我要發生什麼事了？

醫生 我怕不能保留他多久了！我以前曾經警告過你——這看上去好像是一種迴

光返照呢。

馬陀扶　不，我已經盡心看護他，從來沒有讓他出門一步，而且這些窗子差不多一直都是關著的。

醫　生　今天空氣裡有一種特別的氣質，當我進來的時候，碰到一陣可怕的風吹過你的前門，那是最有害的，還是馬上把它關上好些。如果這使得你的客人兩三天不到你這兒來，會有什麼關係嗎？要是偶爾有人突然來拜訪——還有後門呢。你最好把這個窗子也關上，讓夕陽的光線射進來，只是使病人不能入睡就是了。

馬陀扶　阿瑪兒已經閉上眼睛了。我希望他是睡著了。他的面容告訴我——噢，醫生，我帶進個陌生孩子來，我卻把他愛如己出，而如今，我想，我一定要失去他了！

醫　生　那是什麼？你們的村長來了，——好討厭啊！兄弟，我一定要走了，你最好到處看看那些門都門好了沒有。我一到家就立刻送一服烈性的藥來，給他服下試試看——也許最後能救過他來，如果他是可救的。（馬陀扶與醫生下）

（村長上）

村　長　喂，小調皮！——

老頭兒　（趕快站起來）噓！不要響。

阿瑪兒　不，托缽僧，你以為我睡著了嗎？我並沒有睡著，我什麼都能聽得到；是的，就連那遠處的聲音也能聽到。我覺得我的爸爸媽媽正坐在我的枕邊同我談話呢。

（馬陀扶上）

村　長　我說，馬陀扶，我聽說你近來在跟些要人們交往呢。

馬陀扶　你饒了我吧，不要再跟我開玩笑了，村長，我們只不過是些普通百姓罷了。

村　長　可是你的孩子正在這兒期待國王給他一封信呢。

馬陀扶　請不要睬他，他只不過是一個無知的孩子呀。

村　長　真的，為什麼不會呢！那使國王很難找到一家更好的人家了！難道你沒看見國王為什麼要把他的郵局剛好設在你的窗前嗎？是為了國王要有封信給你啊，小調皮！

阿瑪兒　（跳起身來）真的嗎？

村長　那怎麼能是假的呢？你是國王的知己呀。這兒就是你的信。（拿出張白紙來）哈！哈！哈！這就是那封信呀。

阿瑪兒　請不要戲弄我吧。喂，托缽僧，那是的嗎？

老頭兒　是的，我的親愛的，我這做托缽僧的告訴你，那就是他的信了。

阿瑪兒　那是怎樣的一封信，我卻看不見。看起來完全是空白呢，村長先生，信裡說些什麼呀？

村長　國王說：「我不久就要來訪你了，你最好為我預備點便飯。——皇宮裡的飯菜，現在對我一點味道也沒有了。」哈！哈！哈！

馬陀扶　（合著手掌）我求求你，村長，你不要再拿這些事情來開玩笑了。

老頭兒　說真的，開玩笑！他還不敢呢。

馬陀扶　老頭子，難道你也發了狂了嗎？

老頭兒　發狂？好，那麼就算我是發狂了；我卻能清楚地念那封上面寫著國王要帶著御醫親自來看阿瑪兒的信呀！

阿瑪兒　托缽僧！托缽僧！聽！他的喇叭！你聽不見嗎？

村長　哈！哈！哈！除非他更發狂些，我怕他是聽不到的。

阿瑪兒　村長先生，我想你是生我氣了，不愛我了。我永遠不相信你會帶國王的信給我的。讓我把你腳上的灰塵擦一擦吧。

村長　這個小孩子的確有可尊敬的天性。雖然是一個小傻瓜，卻有一副好心腸。

阿瑪兒　我想現在還不到四更吧——聽那鑼聲，「噹，噹，叮——噹，噹，叮。」是不是黃昏的星星出現了？是怎麼樣子的，我卻看不見呢——

老頭兒　噢，窗子通通關上了，我要把它們打開。

（外面有敲門的聲音）

馬陀扶　那是什麼？——什麼人呀？多討厭！

聲音　（從外面傳來）開門！

馬陀扶　村長——我希望他們該不是強盜就好了。

村長　誰在那兒？——現在講話的是村長潘嘉南——你們那麼吵鬧，難道不害怕嗎？奇怪！吵鬧停止了！潘嘉南的聲音可以傳到很遠呢，——是的，把那些最大的強盜指給我看吧——

馬陀扶　（往窗外探視）怪不得吵鬧停止了呢，他們已經把大門撞破了。

（國王的傳令官上）

傳令官　我們的至高國王今晚駕臨這兒。

村長　我的天！

阿瑪兒　傳令官，晚上什麼時候？

傳令官　二更的時候。

阿瑪兒　就是當我的朋友，那個更夫，從城門那兒敲著他的鑼「叮噹叮，叮噹叮」的那個時候嗎？

傳令官　是的，就是那個時候。國王還派他的最偉大的御醫來服侍他的小朋友呢。

（御醫上）

御醫　這是什麼？這兒關閉得好嚴密啊！把所有的門窗都大大地開了吧。（摸摸阿瑪兒的身體）你覺得怎樣？我的孩子？

阿瑪兒　我覺得很好，醫生，很好。所有的痛苦都沒有了。好新鮮而開朗啊！我能看到所有的星星正從黑暗的另一邊眨眼呢。

御醫　當今夜二更裡國王來時，你是否覺得好到足可以離開床呢？

阿瑪兒　那當然，要是永遠這樣下去，我就要死了。我要請國王為我找出那顆北極星來。——我一定常常看到它的，只是我不能確知是哪一顆就是了。

御醫　他會告訴你任何事情的。（向馬陀扶）為了國王的駕臨，要把屋裡插滿花嗎？（手指村長）我們不能讓這人在這兒。

阿瑪兒　不，讓他在這兒吧，醫生。他是我的朋友呢。就是他把國王的信帶給我的呀！

御醫　很好，我的孩子，如果他是你的一個朋友，他就可以留在這兒。

馬陀扶　（對阿瑪兒耳語）我的孩子，國王很愛你呢。他要親自來了，向他討件禮物吧。你知道我們這種寒苦景況的。

阿瑪兒　姑父，不要擔心——我已經決意求他了。

馬陀扶　我的孩子，什麼東西呀？

阿瑪兒　我將要求他派我做他的一個郵差，那麼我就可以到處漫遊，挨戶去投遞他的信了。

馬陀扶　（拍著額頭）啊呀，就這些嗎？

阿瑪兒　國王來時，我們奉獻什麼給他呢？

傳令官　他已經吩咐預備便飯了。

阿瑪兒　便飯！喂，村長，你對了。你是這樣說過的。我們不知道的你都知道啊。

村長　如果你通知我家裡一聲，我就會把國王駕臨的事情安排得很妥當——

御醫　完全不必。現在你們都不要作聲了，他要睡了，我要坐在他枕頭旁邊。他就要睡著了，把那盞油燈吹熄吧，只讓星光照進來。噓！不要響，他睡著了。

馬陀扶　（對老頭兒說）你合著手掌像石像般地站在那兒做什麼呀？——我有些神經過敏——喂，有好的兆頭沒有？為什麼他們把屋裡弄得越來越黑了呢？星光又怎能濟事呢？

老頭兒　安靜！不相信的人！

（蘇陀上）

蘇陀　阿瑪兒！

御醫　他睡了。

蘇陀　我有幾朵花兒送他。我可不可以把這些花遞到他自己的手裡呢？

御醫　是的，你可以。

蘇陀　他什麼時候會醒來？

御醫　國王一來到就叫醒他。

蘇　陀　你肯為我在他耳邊悄悄說句話嗎？

御　醫　說什麼呢？

蘇　陀　你告訴他：「蘇陀並沒忘記他。」

（幕下）

（普賢譯）

新月集（中英雙語版）

泰戈爾 著　糜文開、糜榴麗 譯

《新月集》為印度詩哲泰戈爾的童詩集，於一九一三年出版，略早於《漂鳥集》，但在中文世界的讚譽不亞於之。泰戈爾的童詩純樸真摯，有兒童的異想天開，亦有母親的滿腔溫情。《新月集》簡單的文字充滿童趣，同時承載著深刻的情感，彷彿新月般的溫暖臂彎，能喚醒一顆顆無憂無慮的、童稚的心。

漂鳥集（中英雙語版）

泰戈爾 著　糜文開 譯

《漂鳥集》為印度詩哲泰戈爾享譽世界的佳作之一，完成於一九一六年。在這三百餘首短詩中，泰戈爾以清麗抒情的筆調，歌頌大自然的壯闊、體會人生的哲理、抒發對社會的反思、道出對人類的愛，隻字片語中蘊含了無限的哲思與智慧。

頌歌集

泰戈爾 著　糜文開 譯

本詩集是泰戈爾於一九一三年獲諾貝爾文學獎的得獎作品，原名是*Gitanjali*，意思是「頌歌的奉獻」，集內共收長短詩歌一〇三篇，大多是對於最高自我（上帝）的企慕與讚美的頌歌，故書名譯作「頌歌集」。

泰戈爾詩集（上／下）

泰戈爾 著　糜文開、裴普賢、糜榴麗 譯

本書由研究印度文學的巨擘糜文開教授主譯，集結泰戈爾《漂鳥集》、《新月集》、《採果集》、《頌歌集》、《園丁集》、《愛貽集》、《橫渡集》等七部詩集而成。

國家圖書館出版品預行編目資料

泰戈爾小說戲劇集／泰戈爾著;糜文開,裴普賢譯.—
—三版一刷.——臺北市：三民，2020
面；　公分.——（經典文學）

ISBN 978-957-14-7017-7（平裝）

867.4　　109017532

經典文學

泰戈爾小說戲劇集

作　者｜泰戈爾
譯　者｜糜文開　裴普賢

發行人｜劉振強
出版者｜三民書局股份有限公司
地　址｜臺北市復興北路 386 號 (復北門市)
　　　　臺北市重慶南路一段 61 號 (重南門市)
電　話｜(02)25006600
網　址｜三民網路書店 https://www.sanmin.com.tw

出版日期｜初版一刷 1979 年 9 月
　　　　　二版一刷 2004 年 1 月
　　　　　三版一刷 2020 年 12 月
書籍編號｜S860160
ISBN｜978-957-14-7017-7

三民書局